流光睟语

刘洪鹏 著

陕西新华出版

太白文艺出版社·西安

图书在版编目（CIP）数据

流光晬语 / 刘洪鹏著. -- 西安：太白文艺出版社，
2023.4（2023.6重印）
　ISBN 978-7-5513-2375-8

Ⅰ．①流… Ⅱ．①刘… Ⅲ．①中国文学－当代文学－
作品综合集 Ⅳ．①I217.2

中国国家版本馆CIP数据核字(2023)第058309号

流光晬语
LIUGUANG ZUIYU

作　　者	刘洪鹏
责任编辑	李明婕　林　兰
封面设计	王　洋
版式设计	建明文化
出版发行	太白文艺出版社
经　　销	新华书店
印　　刷	三河市同力彩印有限公司
开　　本	889mm×1194mm　1/32
字　　数	210千字
印　　张	9.75
版　　次	2023年4月第1版
印　　次	2023年6月第2次印刷
书　　号	ISBN 978-7-5513-2375-8
定　　价	48.00元

一束光

花儿谢了，还有再开的时候；月儿缺了，还有再圆的时候；太阳从西边落下，照样会从东方升起；长江、黄河，数千年来，永不停息地流淌着……大自然把她们的永恒之美展示给人类。

然而，人老了却不能再年轻；人死后，就永远消失在黄土垄中；昨日娇颜，转瞬之间就会失去光泽，堆满皱纹；一头青丝，经不起几回风吹雨打就变得皓白如雪……大自然以她的短暂之痛警示着人类。

我曾凝望过断线的风筝在碧空中摇曳着飘向远方；我曾谛听过钟表在暗夜里走动时的嘀嗒声；我曾紧握过伙伴的手，而如今他们各奔东西，从我身边消失得无影无踪。

我曾送走过无数个黑夜，又迎来无数个黎明；我当初挣脱母亲的怀抱蹒跚学步，如今又看到她佝偻憔悴的身影；与妻牵手的那一刻恍如昨日，现在我们已经到了关心彼此健康的年龄。

逝去的时光难再回，这是烙在每个人心底的痛，一种永远无法抹去的痛，如同一幅最美丽的画，一首最动听的歌，可是画的颜色一天天黯淡，歌声也渐行渐远。于是，我的心变得僵硬，我的眼蓄满了泪。我无助地哀号：原来这一切都是抓不住的！时光飞逝，一刻也不肯停歇，直到人生的尽头，所有的一切才会戛然而止，只留下荒凉和恒久的寂寞。

我的魂魄在寂寞中游走着，突然，一束光穿透黑暗，照亮宇宙。我看不清光的起点，也看不到终点。我想伸手触摸它，却发现它原来是思维做成的，像天上的太阳、月亮、星星一样可望而不可即。这束光一头连着地球，一头伸向遥远的星空；它在星际间穿梭，与每个星球都擦肩而过，但谁也猜不透它会在哪里停下……

在这束光的面前，我觉得自己那么渺小，如同一粒微尘；可我知道，只有拼尽全身力气才能看到这束光，只有耗尽全部心血才能融入这束光，只有用百米冲刺的速度才能跟上它无休止前进的步伐。

一滴水，只有汇入大海，才能汹涌澎湃；一粒沙，只有融入沙漠，才能浩瀚无垠；而一个人，只有进入思维的光里，才能挽住时间的臂膀，才有资格同永恒对话。

2021 年 9 月 18 日

2

目　录

第一部分

月　影

第二部分
年　光

第三部分
水　声

第四部分

附　录

第一部分

月影

一碗西红柿鸡蛋汤

　　我记事很晚。留在记忆里的都是儿时上学后的事情，大都是些平常的事情，几乎没什么好说的，唯有一碗西红柿鸡蛋汤，令我至今念念不忘。

　　因为家里人口多，又是长子，初中毕业后，我直接考入山东烟台的一所中专。上学的日子很苦，父母收入微薄，还要抚养一大帮孩子，连吃饭的钱都得计算着花。

　　那一年离放暑假还有一个多月，我算了算，身上的钱刚好够半个月的生活费和返程的路费。我决心不再跟家里要钱，用半个月的生活费来维持这一个月的生活。我细数了一遍学校食堂的饭菜，数西红柿鸡蛋汤最便宜，只要3角钱一份（其他菜要5角钱或更多），于是就天天买西红柿鸡蛋汤喝。那年我17岁，正是长身体的时候，饭量特别大，天天喝西红柿鸡蛋汤，到最后喝得倒胃口，一见那汤，嘴里就直泛酸水。

　　好容易挨到放暑假，我坐了一夜火车回到老家，敲门无人应答，知道母亲是到田里侍弄庄稼去了，就坐在门口等着。中午的太阳很热，母亲回来后见了我很高兴，忙放下锄头摘下斗笠给我做饭。因为疲惫，我躺在炕上睡着了。

不知过了多久，母亲轻轻推醒了我："孩子，快吃饭吧，待会儿就凉了。"我揉了揉眼睛，发现母亲已经把饭做好，碗里正腾腾地冒着热气。走近一看，呀，原来是一碗西红柿鸡蛋汤！当时我就觉得胃里泛起了酸水，张口要吐。母亲见了我的样子，还以为我身体不舒服，歉疚地说："家里只剩西红柿和一个鸡蛋，你将就着吃点，等下午我去地里摘菜。"我问母亲为什么只做一碗汤，她说自己吃惯了馒头就咸菜，汤是专门为我做的。我把汤端到她面前请她喝，母亲说什么也不肯。我看她拿着馒头，就着咸萝卜津津有味地吃着，我强忍着泪，默默地把西红柿鸡蛋汤喝了下去。

此后，很长时间我没有再喝过西红柿鸡蛋汤。结了婚，每逢妻子下厨做西红柿鸡蛋汤，我总是推说没有胃口不想吃。妻子有些纳闷，问我缘由，我只告诉她，你做的西红柿鸡蛋汤远不如母亲做得好喝。

在我的记忆深处，至今仍珍存着母亲亲手做的那碗西红柿鸡蛋汤的味道。因为在那碗汤里，盛满了母亲的爱。

2010年9月

寂寞的蝴蝶

　　初秋的田野里，一只蝴蝶将倩影投射在斑驳陆离的草叶上。秋风过后，它偶尔会在金盏菊的花瓣上小憩，而后就忽闪着色彩斑斓的翅膀，向着远处翩翩飞去。

　　望着远去的蝴蝶，我的心怦然跃动，记忆将我带回往昔的日子。那些尘封的日子，仿佛穿越了长长的时空隧道，倏地闪现在我的面前，模糊而又清晰。记忆里永远是春天，菁菁校园中，人面桃花相映红，英子还站在那棵刚刚发芽就被狂风骤雨折断的小杨树旁，用手帕和绳子小心翼翼地将杨树树枝缠绕起来。微风吹动小树，呢喃的燕子在空中盘旋，英子黑亮的眼睛里溢满晶莹的泪珠。这些画面不经意间闯入我青春懵懂的眸子，在躁动不安的心湖里激起了丝丝涟漪。后来我悄悄地为院子里所有的小树苗浇上水。那棵被折断的小树苗竟然奇迹般地活了下来。从此，英子的影子一直徘徊在我的心里，难以抹去，英子似乎也感受到了我火热的眼神。同窗三载，我们从相识到相知。转眼到了毕业分手的时候，明天我将远隔天涯到异地求学，临别，英子从头上摘下一只粉红色的塑料蝴蝶结夹子放在我的手心里。

此后，书信成了我们沟通的桥梁。一封封关切的信投进绿漆剥落的邮筒，换来无数次的期待，直到把英子同样充满关切话语的信捧在手上。我们的心中都为对方留着那个最重要的位置，只是彼此没有说破。两年后，我终于鼓足勇气提笔向她袒露心迹，我焦急地等待，掰着手指计算着信使往返的日子，可最后等来的却是英子被车祸夺去生命的噩耗！据目击者称，英子和她同学骑自行车正去邮局寄信，被一辆横穿道路的机动车撞飞，倒在血泊中的她手里还紧紧攥着那封没来得及寄出的信……

我从此不再有泪，因为我把所有泪都已倾洒在校园中那棵碧绿的樱桃树下；我从此再也没有写信，因为我已把所有要说的话都倾注在寄给英子的那封信里，剩下的只是些废话；我从此将那只粉红色的蝴蝶结夹子珍藏在记忆最深处，在无数次梦中我觉得英子的灵魂已经变成了蝴蝶——一只寂寞的蝴蝶，她始终默默地在远方凝视着我。

而今，那只粉红的蝴蝶结夹子已经褪色、老化、断裂了，我想，一定是英子的灵魂被太多的寂寞折磨怕了，也许她希望我也能化成蝴蝶飞过去好好安慰她。

2010年9月

千佛山路留影深

今年五一，女儿嚷着要到上海看世界博览会。由于担心路途太远，小孩子吃不消，我带她游了一次济南千佛山，算是补偿。

因佛像众多而得名

我们进了景区北大门，拾级而上，路旁苍松匝地，翠柏迎风。在绿荫下，一尊尊造型奇特、神态各异的石雕佛像，或蹲或坐，或奔或卧，栩栩如生……一路走来略数一数，竟有20多尊。千佛山上有千佛崖和万佛洞，里面的佛像更多。那众多佛像都是古代的能工巧匠依山势凿窟、镌刻而成的，千佛山也因此而得名。

山寺桃花始盛开

走到半山腰，路旁两株盛开的桃花引起了我们的注意。当时正是农历四月，山下的桃花大都已经凋谢，而千佛山因为海拔较高，形成了与平地不同的温差带，所以桃花在初夏季节还能激情绽放。这正好应了一首唐诗："人间四月芳菲尽，山寺桃花始盛开。长恨春归无觅处，不知转入此中来。"千佛山以它极宽博的胸怀，挽住了春天的脚步。

原来又叫舜耕山

顺着蜿蜒陡峭的礓石拾级而上，进入距山顶不远的一群古建筑内。那里面有摩崖石刻，有各种以古代神话传说为题材的壁画，还有舜祠，里面供奉着舜帝。相传舜帝在成为帝王以前，曾经做过农民，就在这山下耕过田种过庄稼。这山最初本叫历山，因他躬耕的缘故，被改称舜耕山，至于最终定名千佛山，则是很久以后的事了。人们为了纪念舜帝，专门为他建造了祠庙，四时供奉，至今香火不断。

不到山顶非好汉

路越来越陡了，有时感觉前面游客的脚仿佛踩在后面游人的头顶上。我们一家，互相鼓励着，拉拽着，一步步艰难地向上攀登，最终到达了山顶。站到屹立山顶的阁楼里，天高气爽，清风徐来，满怀舒畅。极目远眺，在明媚的阳光下，可以望见群山巍峨、大地苍茫，整个济南城环抱在一片氤氲的绿意之中……不到山顶，还真难领略这番大自然之美。

印象最深的是路

游千佛山，印象最深的是那一条山路。千佛山海拔虽然只有285米，但是山势陡峭、山路崎岖，如果没有较好的体力和耐力，不付出一定的艰辛和汗水，人们很难到达山顶。这不由让人联想到生活之路，人生固然短暂，但处处充满了困难与挑战，一个人如果缺乏足够的智慧、勇气和毅力，就休想走出一条成功之路。人生一世，其实都是在寻路。历史亦复如此。古老而灵秀的千佛山就曾经并将继续见证人类艰难寻路的历程，舜帝为世人的物质生活开辟了一条农耕牧渔之路，佛家为世人的精神世界创造了一条参禅修悟之路，现代人则正在开启一条前人所不曾走过的科学发展之路……

2011年5月

永远的碑林

五一期间，我有幸去了趟陕西省西安市，游览了书法圣地——西安碑林博物馆。

梦里寻它千百度

中华民族是一个崇尚书法的民族。纵观全世界，还没有另外一个民族能够把自己的文字当成最高的艺术品去书写、欣赏和典藏。中国书法绵延数千年，历朝历代名家辈出，形成了一座座令后人无法逾越的艺术高峰。

提起中国书法，就不能不提西安碑林博物馆。它位于陕西省西安市三学街，是一座收藏、研究和陈列碑石、墓志及其他古代石刻艺术品的博物馆，荟萃了中国古代精美碑石艺术，石碑众多，具有丰厚的历史文化底蕴。

西安碑林博物馆一直是我心目中的书法圣地，令我魂牵梦萦，无限向往。今天，我终于有机会近距离接触它，用眼睛和心灵来触摸它的灿烂与辉煌。

一个小时的游程

受日程安排的影响，我只能利用下午的时间游览西安碑林博物馆，去掉往返时间，顶多只能在馆区停留一个多小时。

进入博物馆的时候，已经下午四点多钟，游人仍络绎不绝。我随着游人走进去，按次序游览了第一、二、三、四等几个展室，见到了著名的《曹全碑》《开成石经》《大秦景教流行中国碑》《皇甫诞碑》《多宝塔碑》《玄秘塔碑》及《集王圣教序》等碑石。这一座座碑石，如同精美的书法艺术宝库，巍然矗立在面前，给人以强烈的视觉冲击。望着那一座座坚硬的碑石和留在它们上面的那些用刀錾刻成的深深的字迹，我感到有种穿越时空、融入历史，与前辈书家同呼吸共交流的快感。

游览过程中，我不仅欣赏了历代前贤博大精深的书法艺术，使自己的心灵得到莫大的净化和提升，更令我感动的是，不少中小学生也环绕在碑石周围伸出手指一边观赏一边学习，还有三五金发碧眼的外国友人在展室中徜徉。看来，承载着中国人精神世界的书法艺术魅力无限，早已穿越时空，穿越国界，成为全世界人民共同的财富。

独立夕阳的碑林

一个小时很快过去了。我从一座座碑石前走过，同它们一一作别，目光滑过碑石的刹那间，我仿佛看到了前辈书家们饱蘸朱砂，笔落惊风雨，酣畅淋漓书丹的优雅身姿。耳边仿佛传来能工巧匠们手握刀錾，挥舞锤头，叮叮当当的刻石声。

从大门出来，回首望去，西安碑林博物馆宏伟的建筑群正沐浴在夕阳中，深情脉脉地瞩望着每一个即将离去的人。

这时，我仿佛觉得，透过嘈杂的世俗世界，西安碑林博物馆连同它所承载的中国书法宝藏，像是一位遗世独立而羽化的仙人，显得那么遥不可及；而来到碑林博物馆的人，目的也只是为了朝圣，去感受一番那渐行渐远的曾经的灿烂与辉煌。

悄悄的我走了，正如我悄悄的来；我挥一挥手，告别了书法的圣地，永远的碑林。

2012年5月

买瓜记

天热极了。

早上一起来，太阳就像个大火炉似的挂在那儿，热辣辣地烤着大地。

人热得难受时，特别盼望得到一杯冷饮、一根冰棒，或者一块甜甜的西瓜。

提起西瓜，便勾起女儿的馋虫。于是，我只好顶着酷暑驱车去买。

市场两边到处都是卖时鲜瓜果的摊位，有的摊位连同买东西的人们竟然占了大半条街，来往车辆塞在那儿，司机气愤地按着喇叭。奇怪，平日里城管弟兄们挺负责的，把乱出摊的小商小贩撵得屁颠屁颠的，难道今天他们也放暑假了？

费了半天劲，我终于把车停在一个瓜摊儿旁。

下车后，一股热浪袭遍全身，每个汗毛孔似乎都膨胀起来，开足马力释放汗液。

卖瓜的是一对中年夫妇，他们尽管躲在树荫下，脸上还是淌着汗，浑身湿漉漉的。整整一三轮车碧绿的西瓜，横放在集市的街道旁。

我走过去，同这对夫妇攀谈了几句，知道车上的西瓜都是他们自己种的，价格便宜，包熟包甜；今年西瓜丰收低价贱卖。我见他们态度诚恳，就一下子买了六个瓜。夫妇俩很高兴，过完磅秤帮我打开汽车后备厢，往里放瓜。

西瓜太脆了，放的力量稍大了些，咔嚓咔嚓两声，有两个瓜裂开了大口子，淌着汁水。

我有点不高兴。

女的忙说："回家赶紧吃，坏不了的。"

"谁一顿能吃俩破西瓜？"我忍不住心中的烦躁回复着。

男的见我不满意，赶忙把两个裂开口子的西瓜抱出来，另外称了两个同样重量的瓜，放进车里。

"这破瓜卖给谁呀？"女的埋怨道，"以后甭管谁来买瓜，咱只管过秤，让他们自己装车！"

我没有理会她的话。

"师傅，把那两个瓜卖给我吧。"这时，一个推着自行车的小伙子走过来，他笑着，露出两颗很好看的小虎牙。

"瓜破了，还是要好的吧。"男的说。

"不要紧，回家我一个，邻居一个，一顿就解决了。这瓜挺新鲜的，扔了多可惜！""小虎牙"爽快地说。

女的换上笑意："小伙儿，你要多少？俺们算你便宜点。"

"小虎牙"一下子买了十个瓜，连同那两个破瓜，他自己把它们装在网兜里，放在车后座上，然后照价付款，骑上车子走了。

……

回到家，女儿连夸："老爸买的西瓜可真甜啊！"

可是，我一点也没尝出西瓜的味道。

……

很多天过去，这事儿一直放在心上。

偶尔翻开报纸，上面有一则报道，大意是，今年本地西瓜大丰收，但因行情不好，价格卖不上去，很多农民赔了本。有关部门倡议社会各界多买西瓜，减少农民的损失……

我突然明白，为什么城管部门这些天对摆摊儿卖西瓜的农民给予特殊照顾，为什么"小虎牙"明明看到瓜破了，还坚持要买。

而我呢？自私，小气，没有同情心……

"只要人人都献出一片爱，世界将变成美好的人间！"

窗外的歌声令我沉思……

2013年9月

喜看沾化冬枣画中来

3月3日，天气乍暖还寒，沾化枣乡墨缘文化接待中心的展览室里，来自清华美院的大写意花鸟画家——刘继红教授即兴创作了一幅名为《沾化冬枣誉天下》的水墨淡彩写意画。这幅画是沾化冬枣首度被作为创作意象纳入国画大家的视野，从而开启了崭新的艺术之旅。

沾化冬枣能够入画，这件看似平常的事情，其实是很不平常的。以沾化冬枣作为意象进行创作，则体现了画家过人的胆识和高超的技巧。沾化冬枣入画绝非偶然，此举注定要在中国绘画史上留下闪光的一笔。

中国花鸟画肇始于唐代，成熟于宋代，至今绵延千载，其间有许多果蔬花卉得以入画，较为著名的当数牡丹和桃子。牡丹因花朵艳丽，国色天香，被誉为花中之王，象征着富贵吉祥；桃子因果形硕大，汁甘味美，且古人用桃木作为辟邪之物，故而被称为果中仙品，象征着福寿安康。这两者除了形象耐看、易于入画之外，其形象背后所蕴含的文化寓意，为广大民众所喜爱所接受，也是不容忽视的因素。而枣子，古来鲜有画之者，原因是枣子形象太普通了，就像黄土地上的老一代农民，在古人的审美意识中，枣子不值得入画。新中国成立后，人们的艺术理念发生了质变，这是像枣子这类事物得以入画的根本原因。沾化冬枣作为一种珍贵稀有的鲜食果品，十几年来，经过不断探索开发逐渐从庭院走向大田，从乡下进入城市，影响力不断扩大，1995年沾化被命名为"中国冬枣之乡"。沾化冬枣成了帮助当地老百姓发家致富的"生财果"，成了备受城乡居民宠爱的"保健果"，从而被赋予了坚韧、勤劳、幸福、多子、健康的多重含义。沾化冬枣能够入画，得益于新中国艺术理念的革新，更得益于广大劳动者通过辛勤培育，为之注入了丰富的文化内涵。

以沾化冬枣作为创作意象，体现了画家过人的胆识和高超的技巧。在中国画中，一种新意象的出现，往往意味着一种新风格的出现，所以发现、总结、加工、锤炼新意象，是画家一辈子的功课。郑板桥画竹、齐白石画虾、徐悲鸿画马都经历了一个漫长的观察、发现、总结和反复加工锤炼的过程，他们为这些意象赋予了新的含义，在他们笔下，无论竹子、虾，还是马，不仅是鲜活生动的形象，而且是高尚人格、纯真天籁、奋斗精神的代表，所以能够感动无数观者。选择哪些事物作为创作对象，进行意象加工锤炼，画家是非常慎重的，其中也潜藏着一定的风险。在中国，画竹子、画虾、画马的画家太多了，因缺乏意象创新能力，大多数人辛苦努力一世，最终都没有获得成功。而以枣子作为创作意象，古来少有，以沾化冬枣作为创作意象，更是首创。走别人没有走过的路，发掘别人没有发掘的美，艺术贵有独创才能成功，所以，这一行动本身无疑是体现了画家过人的胆识。其次，以传统意象进行绘画，有大量现成的技法摆在那里，可以直接拿来应用，但是以沾化冬枣入画从某种程度上说要采用一些新的艺术加工手段，过去的技法仅能作为参考，这对画家的基本功是一项重大考验，能不能从技法上创新也直接关系着创作的成败。

下面，还是让我们欣赏一下这幅《沾化冬枣誉天下》吧！四尺整张竖幅巨作中，下部横卧一块奇崛的石头，遮住枣树部分虬曲盘绕的枝干，枝干顶端披覆着羽状的枣叶，墨色浓浓淡淡，形态摇曳多姿。枣叶下面，喷薄而出的，是一簇簇玛瑙般的冬枣，枣子密密地挨着，圆圆的、大大的，恰似一双双童稚的眼睛，好奇地张望着画外的世界。最下面，四只鸡雏悠闲踱步，它们呼朋引伴，仿佛要从画里走出来，向大家宣告一桩喜讯……整个画面形象生动，笔墨精妙，构图严谨，充满张力，传递出沾化冬枣自然淳朴、幸福祥和、丰硕健壮之美，带给人无穷的艺术享受。

刘教授告诉我们，为创作这幅画，他经过了对沾化冬枣生长环境的多次考察和写实准备，做到了胸有成"枣"。他运用剪裁、夸张、组织等多种艺术手法，通过酝酿激情，捕捉灵感，放笔直取，落墨成章，塑造了沾化冬枣的崭新形象，也充分表达了自己的审美思想和个性追求。他激动地拿出自己收藏的沾化冬枣照片和宣传册，表示回清华美院后，还要把沾化冬枣新意象作为重要艺术创作课题进行研究，并以课题研究带动创作群体，不断吸引更多的画家、学者参与进来，到沾化来考察、写生、创作，努力创作出更优秀的作品去参加国家级美术大展，争取让沾化冬枣驰骋画坛，誉满天下，流芳百代。

触景生情，我赋诗一首：

瑶池奉馔少殊资，

春日何来果满枝？

笔撷风云生玉颗，

九霄传入墨淋漓。

2014年3月

学艺小记

我能够走上一条爱好艺术、学习艺术的道路，离不开几位老师。

一

小学毕业后，我便转学到父亲任教的学校读书。记得开学前一天骑自行车到学校，住进了父亲的宿舍。父亲的宿舍位于一排教工宿舍的最西边，他和一位名叫张世江的老师合住在一起。张老师离家近，除了阴雨天，他很少住校。父亲改良了自己的小床，在靠墙的床里面用砖头垒起底座，上面加了一条木板，把单人床简单变成了双人床。父亲和我晚上就挤在这张床上睡觉。张老师毕业于惠民师范，当时正教授地理、音乐、美术等课程。他第一次见到我，非常高兴，问了几句话后，就决定为我画一幅肖像。我平生第一次做肖像模特，颇为好奇。按照张老师的吩咐，我摆了个姿势，然后看着他一丝不苟地画。

铅笔在纸上沙沙沙地扫着，他不时抬起大而亮的眼睛仔细观察着我，有时竟用手指在纸上涂抹，弄得几个指头黑黑的，像刚从陶缸里拎出来的腌咸萝卜。过了一个多小时，像画完了，他高兴地拿给我看，我当时觉得蛮像的。后来，拿回家让母亲欣赏，母亲却说，画得没有本人长得好看。

尽管如此，张老师还是让我崇拜，我开始偷偷地学起素描来。那时纯粹是爱好，最爱做的是描《西游记》《隋唐演义》《岳飞传》的人物像，尤其爱那些跨着战马挥舞刀枪厮杀的武将。他们威风凛凛的样子，至今仍深深地印在我的脑海里。

可画了没多久，就被练习书法代替了。

入学一周后，班里进行了摸底测试，我的成绩还算可以。不想语文老师找到父亲说，孩子作文较好，阅读理解组词造句也行，但写字太潦草，他的原话是"字写得像一堆乱草"，强烈建议我课余时间练练字。父亲很着急，就去找字写得好的颜世辉老师，请他指点我练字。看着父亲着急的样子，我非常愧疚，暗暗发誓，一定要学好书法，练好字。

颜老师送给我一本字帖，封面印有叶圣陶老人"中学生字帖"的题字，是柳公权的《玄秘塔》。30多年了，这本字帖我仍然保存着。当时学校还有秋假和麦假（为了便于农村秋收和麦收）。放秋假的时候，我请父亲买了毛笔和墨汁，用废旧报纸铺在家里一个小方凳上练习毛笔字。一个假期，大约半个月时间，我只照着字帖练习一个字：正。记得这个"正"字第一竖和第二竖之间离得非常远，刚开始临写时很不理解也很不习惯，写过几遍后，终于明白：若想写好字，基本笔画和结构必须过关。后来，练字成了我的课余爱好，老师再也没有因为写字问题找过我的"麻烦"。

记得当年教我数学的是耿寿省老师。耿老师非常和蔼，家在阳信县，那时她还没有结婚。在耿老师的帮助下，我的数学成绩进步很大，在初一上半学期的期末测试中，数学考到了90分以上。我非常感激耿老师。初一下半学期开学之际，耿老师因为结婚要调回阳信县了，我们全班同学非常舍不得她，集体给她买了只洗脸盆作纪念。而我当时痴迷书法且书生气十足，在街边地摊儿上见到一本印有书法作品的旧挂历就买下来送给了她。现在想想，那东西一点用处都没有，不知耿老师收到时作何感想。

班主任李学凯老师那时已经50多岁了，带完这个班就到退休年龄，他把我们喻为"关门弟子"。李老师教语文，学识渊博，经验丰富，使我获益良多。他兴趣广泛，也比较喜欢美术、音乐等。每当美术、音乐老师请假，他就来代课。耳濡目染，我喜爱艺术的细胞，似乎就在那个时候生长起来了。可惜，那个年代农村学习条件有限，既缺乏书籍，也缺少器材，所以导致在最好的学艺年龄，没有打下过硬的基本功。

每个人的学生时代都像一茬庄稼的拔节孕穗期，是极其宝贵的。在这期间能够遇到一位人生导师就应该感到幸运，而我更幸运，碰到了一群这样的人。

二

后来真正指引我踏入中国书画艺术园地的，是宋玉增老师。

我和宋老师相识于2010年秋天，当时他正在我的家乡做访问。在一位经营画廊的朋友家里，我认识了宋老师。我随宋老师一起去画廊，他见我非常喜欢中国书画艺术，就慷慨地教授我最初步的绘画技巧。我也十分钦佩他在中国画艺术领域的独创精神，专门为他写了一篇画赞，他很高兴，就这样我们开始交往起来。2014年我专门去了北京拜师。

因为我们师生路程相距较远，只能通过电话沟通交流，而且受职业所限，我动手作画的时间不多，所以相对进步较慢。这真是无可奈何的事情啊！

2016年10月20日，宋老师出差途经沾化，我们师生度过了难忘的一天。21日上午，我拿着画去渤海美术馆，宋老师正在聚精会神地画一幅斗方。我去的时候，他已画好近树和远山，看到我来，他停下笔，一张张仔细看我的画，边看边指点。他指出我的画在远近层次和用笔用墨上存在的问题。他说，墨中一定要有浓淡。他用笔均匀吸墨，然后笔尖上蘸较浓的墨，在纸上演示画松针、树干，并指出笔道中要有浓有淡，这样才能显出层次，墨色才能和谐。画时既可以从下往上画，也可以从上往下画，没有一定之规，但下笔时要意在笔先，考虑好虚实、浓淡、干湿、形质等问题。画树要看准树的姿态，点叶要松弛，不要太紧张，但又不能一个样儿，前面的叶子要实，后面的叶子要虚，远看要有一片的感觉。画山石外轮廓要坚挺，皴法笔道要交错，轮廓线不能处处都实，也要有的地方实，有的地方虚。画远山，山头的姿势很重要。画画不能着急，一笔笔下去，反差不能太大，要逐渐起细微的变化，树、石、山近看一点、一线、一枝可以分得出，远看就要浑然一体。这个必须得下功夫。用笔要通过写字来解决，要学会在生宣纸上写字，笔上水分要控制，运笔速度也要注意，水分多时快一点，水分少时慢一点，笔道中干湿浓淡不要变化太多，太多了画面就花。好的笔道要保留住，该露的地方一定要露，该藏的地方一定要藏，画画都是在这个地方画一点，一会儿又移到那个地方画一点，墨色也会有不同的变化，胸中要时刻装着全局，要有整体感。画面的颜色不能平涂，该深处深，该淡处淡，该见笔的地方要见笔。无论是画墨色部分还是颜色部分，用笔都要有写的感觉，执笔不能太高，运笔时要指、腕、肘多处发力，下笔一定要稳，不能心急。他进一步演示了画线、画点的方法，对我画上远近层次不明确，点叶、点苔不够规范的地方进行了修改。

一上午时间，宋老师几乎连水都不喝，恨不得把所有知识都传授给我。他的谆谆教诲至今还在我耳边萦绕，他对我的殷殷情谊，我深深珍藏在心底。

师恩深似海！作为学生——一名普普通通的中国人，在有生之年，我当继承老师们身上的闪光点，让自己在中国书画艺术的道路上走得更远一些，同时更要学习他们尊重传统、热爱艺术、精益求精、无私奉献、勇于独创的精神，激励自己在平凡的岗位上努力工作，为建设祖国、为实现中华民族伟大复兴尽一份绵薄之力。这也许是对师恩最好的报答！

2017年1月

落叶随想

北方四季是充满色彩的，而每季的色彩又各有主调：春天万物萌发，生机勃勃，主调是嫩绿色；夏季烈日当空，草木繁盛，主调是浓绿色；秋季天朗气清，落木萧萧，主调是金黄色；而冬天岁暮天寒，冰封雪飘，主调则是白色。每当你仰观俯察，感慨四季变换时，你就不由得衷心赞叹大自然这位神奇的魔法师，他手上好像持有一个硕大的不停旋转的调色盘，各种绚丽迷人的色彩源源不断从那里流出来……

每个人对色彩都有偏好。所谓偏好，就是喜欢。色彩既为大自然所固有，本无好坏之别，但个人的感情却是难以评判的。我虽喜欢绿色，但感觉春天的绿太嫩了，不够成熟；夏天的绿又太老了，未免流于油滑；冬天的白稍显单调，像放在玻璃瓶里的精盐，不加它吧，菜就不出味，但它本身却不是一道菜；唯有秋天的黄，溢彩流光，金碧辉煌，才给人感觉——够味。

草木是大地的毛发，秋天的味道全体现在"毛发"上。

看！秋风一起，叶子开始变色，初似不经意从满头黑发间长出一簇白发，后来越变越快，先嫩黄，再亮黄，最后到赭黄。这时，哪怕轻轻一吹，它就会从枝上翩然坠落。

这些大概和人到中年的心境有关吧，我常注目于草木的色变。有次经过一个地方，猛抬头看见一棵不知名的树，顿觉心中微颤：它那样不起眼，而且伛偻着腰身，头上顶着蓬松金黄的叶子。那满树叶子就像一个不能忍俊的笑，像一道冲向山崖的泉，更像一支快要离弦的箭，刹那间就要掉落下来，任何人无法阻挡。树枝是那样留恋叶子，它们拼命维系着叶子的最后一线生机，像即将告别、一旦放手就会永世不见的恋人。恍惚间，我觉得眼前并不是一棵树，而是一只正待涅槃的凤凰，表面虽然平静，但平静中孕育着爆发，它的眼神里流露出一种似喜还悲的复杂情感，它即将迎来生与死、血与火的考验！

我转身离开时，似乎感觉到那树上的叶子正簌簌飘落，也许再回首，树上已一无所有……

本想给落叶唱一首歌，一首挽歌，痛悼生命的结束，但自从遇见那棵树后，却分明看到了希望，觉得应该唱的不是挽歌，而是赞歌，赞美新的生活。但是……

挽歌？赞歌？真的那么重要吗？

后来，我梦见自己就变成了那一树叶子中的一员，无奈地垂挂在时光面前，大家都一样，无论大的、小的，高处的、低处的，也无论完整的、残破的，好看的、难看的，时间对每片叶子都是公平的，大家静候命运的安排。作别枝头的瞬间，我忽然想起，咦？过去我是怎样做叶子的，有没有珍惜做叶子时的欢乐呢？我曾经给过别人什么吗？站在生命边上，可有哪个会记住我？令我最魂牵梦萦的又会是谁呢？

2017年11月

怀念爷爷

清明时节雨纷纷，路上行人欲断魂。

今年的清明节，是爷爷去世后的第30个清明节，他老人家如果还活着，应该满100岁了。

爷爷是个极其坚强的人。他一辈子生活在农村。改革开放后，乡亲们日子渐渐红火，喝酒享受的场合也逐渐多起来。有的人放纵自我，逢酒必醉，醉了就出丑。但我从没见爷爷喝酒过量。他有一句话我记忆犹新："只能让人管住酒，不能让酒管住人。"他是这样说的，也是这样做的。过去我对这话一直没有在意，以为不过是一位农村老人最朴素的"酒箴"，现在想想，实在是他老人家为后辈立下的一条规矩，等于"治家格言"——所有工具都只能受人支配而不要人为物役，岂独"酒"哉！

爷爷是个极度节俭的人。凡经过三年困难时期的老人，都格外珍惜粮食等物质。爷爷12岁丧父，13岁丧母，他是家中老大，独自带着一个弟弟、两个妹妹支撑门户，生活的艰辛可想而知。爷爷身上的衣服总是旧的，一年到头一身黑，脏了洗一洗，破了缝一缝，打了很多补丁却舍不得扔。吃饭米粒掉在桌子上，用筷子夹起就放嘴里，剩菜剩饭从不浪费。尤其怕花钱干与农活无关的事情，他一辈子没有为自己操办过一次生日，甚至没有留下一张照片。

爷爷是个非常公正的人。在爷爷心里没有私情的位置。家里家外，十里八乡，远亲近邻没有不佩服爷爷公道正派的。村里谁家闹个矛盾或分割财产，掰扯不清，就请爷爷去做中间人，他总能主持正义，做出令各方满意的决定。村里有些懒惰后生，见了爷爷心里就特别发怵，因为他眼里容不下懒汉，见了面总是反复规劝，甚至严厉批评，经常弄得人家灰头土脸却又无从争辩。

坚强、节俭、公正……爷爷身上这些优秀品格，成了我们家的传家宝。如今，我们孙辈男丁8人，都已经成家立业，尽管大家生活在不同城市，工作各异，条件不一，但都踏踏实实，本本分分，奉公守法，勤俭持家，没有一个虚饰浮夸甚至为非作歹的。

爷爷没有留下一张照片，这是我们家庭的一大遗憾。我曾经梦想成为一名肖像画家，希望有一天凭自己的手画出他那留在记忆深处的音容笑貌，可直到今天这个夙愿也没有实现。

唉，在爷爷眼里，我该是个多么不孝的后生啊……

2018年4月

童年

　　童年对于我来说，是一段刻骨铭心的、贫穷而清白的岁月。

　　我出生在鲁北平原一个名不见经传的小村庄，村里有百余户人家，却都姓一个姓，被人称作"父子庄"。据说，村子的祖先从河北迁安辗转来此定居，到我出生时已传了15世。

　　母亲一直夸我运气好。我出生那年，村里规定农历十月一日以后出生的孩子，当年不分口粮——当时正值"文革"后期，乡亲们参加生产队集体劳动，粮食分配按所谓的"人七劳三"。而我出生，比规定时间早了两天，生产队就多分给我家一口袋玉米（130斤左右）。家里人自然很高兴，认为这个孩子给一家人带来了福气，将来一定有口"好饭"吃。

　　从我记事起，就觉得吃饭确实是"大问题"。我们家当时没有分家，爷爷奶奶领着20余口人生活，妇女们在家看孩子，能出工挣工分的劳力太少，日子一直过得比较紧巴。一年到头，吃的是黢黑梆硬的地瓜面窝头，只有逢年过节才能见到一点白面粉的影子。我是长子长孙，家里特别优待，每逢过节就把走亲戚用的白面馒头省下几个来给我打牙祭。记得年节一过，母亲就把这些白面馒头放在一个半新不旧的竹篮子里，高高挂上房梁。每逢馋虫大作，我就踮着脚吮着手，望篮兴叹。

有一年夏天，恍惚记得家乡突然发生了大地震，乡亲们被迫从屋里搬出来，住进临时搭起的简易帐篷里——在院子里的平地铺上席子和被褥，从四周的树上扯起蚊帐的四个角。妇女们一边摇着蒲扇帮孩子们驱赶蚊子，一边叽叽喳喳地说话；男人们却毫不畏惧地躺在屋里大炕上睡觉。真是祸不单行，那年夏天刚过不久，有一天大喇叭里突然放出哀乐，乡亲们都臂戴黑纱、胸佩白花向村后的打麦场拥去，个个眼睛哭得红通通的，多年后才晓得，原来是我们国家的伟大领袖毛主席逝世了。

村里上了年纪的人说，大人物的一举一动关乎天地，生死更非寻常可比，所以天地才会有这么大动静。然而天地动静再大，日子再艰难，庄稼人该怎么过还得怎么过。又过了几年光景，大队喇叭开始传来"上面"的政策，要实行包产到户，队里的集体财产准备分给各家各户，并且耕地也要按人口分配了。消息传开，村里着实热闹起来，先是领牲口、领农具，我们一家就分到一匹骡子、一套耕耙和播种的农具；又按着人口多寡、土地肥瘠分配了村里的土地，我家每人分到二亩地。

自从重新分配了土地以后，农村一夜之间爆发出巨大的生产力，家家户户能劳动的男女着了魔似的奔向田野，在"自己的"土地上忘我地耕耘着，用勤劳的双手描绘着崭新的生活画卷。我那时已经七八岁，能够顺着自己家地排车的车辙印找到地里去，这令在地里埋头干活的大人们既欣喜又担忧。我却异常快活，脱下鞋子，打着赤脚在无边无际的田地里欢笑着、跳着、跑着……

　　童年时期最温馨的记忆就是过大年，家里提前买好猪肉、面粉、鞭炮等准备过节，母亲新做的衣服和鞋子也穿在孩子们身上。农历腊月二十三是小年，当时家家户户要祭灶，据说灶王爷吃过饺子就会上天庭向玉皇大帝汇报，报告家里的好消息以博取玉皇大帝的欢心，让玉皇大帝保佑来年有更好的收成，过上更好的日子。小年一过，二十四、二十五收拾屋子，打扫院子，到处拾掇得干干净净；二十六、二十七、二十八蒸馒头，蒸年糕，炸鱼肉；二十九、三十祭祖，贴对联，包水饺。三十晚上，在街上较了"明"——每家一捆玉米秸秆竖在当街，点火后看它朝哪个方向倒，朝谁家方向倒就预示着谁家来年日子"火"。此时的各家就在堂屋里团聚守岁，直到半夜时分。大年初一，大人孩子早早起来挨门挨户相互拜年，路上碰见互道一声"过年好"，孩子们有时会得到数额不等的压岁钱……

　　我终于能下地干活了，自然成了"劳力"，任务就是帮助大人打猪草，算是支持家庭副业生产。记得那时天天跟着邻村一位姓杨的哥哥出去，他比我大四五岁，已经上学好几年，读了不少书。他在我眼里，是个名副其实的故事大王，最擅长讲《西游记》中的故事。我们天天一块儿打猪草，他给我讲孙悟空出世、大闹天宫、高老庄、流沙河等故事，一直讲到师徒四人到西天取回了真经。他的"博学"令我感到惊讶和羡慕，没想到世界上还有那么多稀奇古怪的事情，没想到上学能够学到那么多奇闻趣事，于是上学的念想就在心头萦绕不去。

也许打猪草的成绩令家人较为满意，母亲精心缝制了一个书包，买了一块石板和一盒石笔，然后把我送进本村的学堂里，恭恭敬敬地交给一位本村的民办教师（按辈分我应称他哥哥），算是开启了我的学生时代。这位老师极严肃认真，而且非常有耐心，他一人教授语文、数学两门课。尽管当时学堂的条件差，校舍是本村的磨坊腾出来的，课堂里的桌椅板凳都是破破烂烂的，我却感觉接受了最好的启蒙教育。学校里发的崭新的课本，散发着淡淡的油墨清香，一页页翻着，上面彩色的插图深深地吸引着我，令人心醉神驰。随着老师娓娓动人的讲授，我认得的字渐渐多了起来，加减乘除也慢慢学会了，年终考试成绩还不错，甚至不比上学年留级的同学差。

2019年5月

我的小学岁月

上小学前，因家乡实行家庭联产承包责任制，乡亲们的日子逐渐红火起来，衣食住行比以前讲究了，娱乐项目也比以前丰富了许多。记得20世纪70年代末，家里买了台收音机，那简直是我的最爱，恨不得睡觉都抱在怀里。最喜欢听《小喇叭》《评书联播》两个栏目。

《小喇叭》是中央人民广播电台的一档少儿节目，也是当时唯一的少儿广播节目，对于我们那个年代的孩子来说，可谓独具魅力。那时最喜欢听孙敬修先生讲《西游记》。当时虽然听邻村那个姓杨的哥哥讲过《西游记》，可惜脱漏太多，故事极不连贯。这次终于可以连上了，听得真过瘾。《评书联播》正播出刘兰芳先生讲的《岳飞传》《杨家将》。为收听这两部评书，我简直到了废寝忘食的程度，很多次被母亲揪着耳朵叫去吃饭、睡觉。

上小学前，除了听广播、打猪草，我连一本小画书都没有。爸爸虽然在中学当教师，但平常都住在异地的学校，只有周末回家，每次回来他都匆匆忙忙跑到田地里干活，我们父子俩平常交流很少。那时父亲一心一意为工作和家庭操劳，对孩子们的教育似乎关注较少。唉，我那时真像一匹脱了缰的野马，虽然自由自在，但却没有受到较早的启蒙教育。如果勉强算有的话，我的第一位启蒙老师便是家里那台收音机。

上学后因为缺乏早期教育，我一开始学习很吃力，老师布置的家庭作业，每每写到很晚才完成。母亲干了一天农活，晚上一直陪我写作业，始终没有一句怨言。

那时候乡亲们脑子里还颇残存着些封建意识，记得我的第一个同桌是本村一个女孩子，长得高高瘦瘦的，我们同桌了一年，彼此竟没有说过几次话。为显示男女有别，她用粉笔在课桌中心画了一条线，我写字稍不留神过了线时，脚面就会被她狠狠踩一下。现在想想，在课桌上画线，目的是减少肢体接触，但下面那一脚，岂不接触得更紧密了些？真是可笑。大概太专注于画线了吧，踩我脚的那个女孩子，上完一年级就留级了，而我则升入二年级，永远"失去"了被她踩脚的机会。

不仅是学生，就连老师脑子里的封建意识也不少。班主任老师教我们数学。上二年级时，我们学会了查字典。有一次，听别人说起"流氓"这两个字，心想这两个字到底怎样写呀？我查了查字典，随手拿了一张废纸写下这两个字，并且在上面注上了拼音，过后，就把这事儿忘却了。不想，几天后的一次数学课前，班主任老师拿着那张字条找到我：

"是你写的吗？"

"是。"我看看字条，怯怯地说。

"小小年纪，想点好的不行吗？为什么写这个？"

"我……"脑子里一片空白，我不知如何回答。

"去，到教室门口站着去！"

……

我在教室门口站了一节课，才被班主任老师叫进来。我的内心委屈极了，从此极讨厌上他的课。幸而自那次后，他也再没有找过我。

罚站事件过后不久，班主任老师突然遭到了"报应"。原来学校办公室里刚刚接上电，班主任老师踩着凳子安装灯泡，第一次装上灯泡没有亮，他就拧下灯泡，用手指头直接去扳灯头里面的铜片片，结果触电了，一下从凳子上摔下来，摔得头破血流，向学校请了假休息。因为没有替换的老师，我们好几周没有上数学课，我的数学成绩从此就落下了。

我那时年纪太小，觉得班主任老师"罪有应得"，没有从尊重老师、尊重知识的角度考虑问题，结果辜负了老师的心意也误了自己。假如那时我能正视自己的缺点，不那么任性，知耻而后勇，说不定以后的学习道路会顺畅许多。

三四年级时，新来的老师简直是宝贝。那时来了一位年轻漂亮的女老师担任我们的班主任，课教得也很好。可惜她丈夫常年生病，时不时就住院治疗，她只好告假去陪床。我们这批学生，从二年级就习惯了上自习，那时都太调皮，一离开老师的眼睛，就打打闹闹，有的甚至离开座位，扭打在一块儿，直到闹得旁边教室里上不下去课，那边的任课老师才火冒三丈地跑进来制止。

大把大把的好时光就这么溜走了。除了喜爱看书，我几乎没有培养起什么兴趣。那时，最爱的是写作文，因为听的评书多，看的小人书多，所以写作文时脑子够"灵光"。写完后，每每被老师当作范文在课堂上朗读，很出风头。可惜数学成绩多数时候都在全班中游以下，老师盯着我的数学成绩，总是摇摇头，无奈地说："这孩子脑子怎么这么不开窍啊？"

那时候已经流行这样一句话："学好数理化，走遍天下都不怕。"数学成绩不理想，肯定学习道路不会走远，但我那时并没有任何雄心壮志，也没有建立"人生不能输在起跑线上"的意识。成年后，自己曾反思这段学习经历，觉得能够把所有的知识都掌握起来成为博学家固然很好，但社会似乎更需要那些专业性的人才，比如大学生能够熟练地掌握微积分，但不见得就能加工出一枚合格的螺丝钉……学习知识、积累知识是一码事，运用自身知识、创造新知识则是另外一码事。我们的学校教育长处是尽量让学生达到"多知"，缺点是没有让学生做到"专注"，很多学生因为要符合"多知"的教学体制，精力被严重分散，甚至丧失了"专注"的能力。唉，现在只能做这样的自我解嘲啦！

　　五年级的时候，我们因为有学业水平测试，学校安排晚自习。晚自习时常常停电，同学们只好点上煤油灯学习。从那时起，我的眼睛变得近视，不得不戴上眼镜。人生在世，做任何事情都会有得有失，引用西方人的话，就是上帝在这个地方给你关上一扇门，就会在另个地方为你打开一扇窗。上学也是如此。

　　1985年，我最后一次参加了学校组织的六一儿童节活动，7月就恋恋不舍地告别了我的小学岁月。

2019年5月

夏

不管喜不喜欢，夏天来了。

阳光变得炽烈，空气里裹着一袭热浪。看吧，天上云多起来了，山朦胧起来了，水蒸腾起来了。

地上的植被快速生长着，像在比赛。茂密的树叶遮住阳光，撑起一片浓荫。浓荫下生长着各种野草，绿茵茵的，像厚厚的毡子。躺在草毡上，香气馥郁，沁人心脾，使人对大自然产生无限的眷恋。

夏天开的，全是热烈的花。火红的石榴花像迷人的笑；白的、粉的荷花像娉婷的舞蹈。许多叫不上名字的野花，在草丛中怒放，仿佛一不小心把五颜六色洒在翠绿的油画布上，色彩肆意流淌着。蝴蝶和蜜蜂在花间不停地穿梭，蝉也伏在枝叶下没日没夜地叫着。

大燕领着小燕贴着水皮儿飞，蜻蜓偶尔会停在盛开的荷花上，小狗吐着舌头懒洋洋地躲在树荫下，鸭和鹅天天泡在水中嬉戏。所有动物，都对树荫与水格外依恋，顽固地赖在那里，就像一贴黏在身上的新膏药，揭不下来。

夏天最有个性，没风的时候，艳阳高照，一丝儿风都没有，让人觉得憋闷。可暴风雨一来，就乌云滚滚，电闪雷鸣，飞沙走石，甚至拔树毁屋；大雨像瓢泼，像倾盆，像瀑布。那气势像千军万马，冒着炮火硝烟在冲锋陷阵。风雨过后，天上挂起彩虹，水里传出蛙声，草木的叶子更绿更亮了。晚上，积水还没流尽，这时候走路，要选暗不选明，否则会踏起水花溅湿鞋袜。

为避高温，人们尽量减少户外活动。连最勤劳的农民，都是大清早忙活一阵子，就赶紧回家，直到临近傍晚时分才出去。在家，男人都穿着背心短裤，吹着空调电扇。女人上街，都护着脸和胳膊，生怕晒黑皮肤。放暑假的孩子们，复习完功课，多半守在电视机旁看动画片，一边吃些冷饮，或者拿起一角西瓜解渴。外出旅游，一般都选择靠海的城市，目的是去了可以游泳。

啊，夏天像我们现在过的日子一样，红红火火的。

夏天像处在热恋中的人，爱得热火朝天的。

夏天像我们每个人的青春一样，是必不可少的、生命中最闪光的那个时节。

2019年8月

北方的冬天

北方的冬天是最痛快淋漓的,西北风一刮,寒流一到,温度立马就降至零下摄氏度,逼得人们不得不减少户外活动,尽量待在有暖气的房子里。幸亏现在人人有手机、家家有电视,可以随时观赏消遣,除烦破闷,否则憋在家里三四个月,真不知道怎么挨过去。

最近浏览微信朋友圈,有个话题大家都很关注,说是今年我国南北方经济发展的差距进一步拉大了,南方人的生意异常火爆,有的沿海省份都已经开始拉闸限电了,据说海关方面等待出口的集装箱在码头排起了长队。热心的朋友们帮着分析南北差距进一步拉大的原因,有的就总结说,北方冬天的寒冷也是造成南北差距拉大的一个重要因素,因为单纯从农业角度看,北方冬天农业收入几乎为零,跟南方农业收入根本没办法比。

我想,对于纯粹的农业社会来说,如已经成为历史的明清王朝,这个原因也许是致命的。明朝李釜源所撰写的《地图综要》内卷中就提到:"楚故泽国,耕稔甚饶。一岁再获柴桑,吴越多仰给焉。谚曰'湖广熟，天下足'。"意思是湖南、湖北、广东的粮食熟了，天下人就不愁吃饭了。也可以这么说，从农业社会的角度出发，北方经济不如南方经济发达，其中北方有漫长的冬天，的确是一个不容忽视的原因。但问题是，自从全球经济进入工业化以后，这个已经不是最重要的制约经济发展的因素了，不仅不是制约因素，相反蓬勃发展的冰雪旅游事业，已经成为北方各省市加快经济增长的拉动因素。看来，北方经济发展与南方经济发展差距拉大是北方的冬天造成的一说，是没有根据的，南北经济发展差距拉大有其更深刻更复杂的原因。

之所以绕这么大弯子，除了为北方的冬天正一下名，还想进一步说明，自然界永远是无辜的，我们不能把人类社会发展的某些不足归咎到自然界身上，如果实在要责怪，那我们人类自己才是始作俑者。

北方的冬天来了，冷得厉害，树木的叶子凋谢了，河水结了冰，所有人、动物都蛰伏起来，一切都像按下暂停键，进入停顿状态。也许你会觉得北方的冬天是无情的，但是，你只要走出去看看，树木露出了虬曲的枝干，它们呈现出最本来的面目，像老朋友一样对你坦陈心迹，面对它们，你会产生故友重逢的感觉。走到河边，河水因为寒冷冻结起来，看到大河上下，千里冰封，那种坚实而宽广的品格，会让你感受到一种强大的集体力量。

下雪了，鹅毛般的雪花落在田野里、路面上、房顶上，落在路旁的花草树木上，行人的头上、肩上，顷刻间世界就像粉妆玉砌一样。孩子们跑出来了，他们在雪地里嬉戏打闹，堆雪人、打雪仗，忙得不亦乐乎，好像浑身有使不完的劲儿。雪停了，太阳从厚厚的云层里钻出来，橘红色的霞光给白雪增添了几许妩媚。裹着皑皑白雪的树木在阳光普照下，仿佛突然见了情郎的女孩子，羞涩地立在那里，不知所措地垂下枝头，雪簌簌地落下来，似乎让你窥见了她们内心的颤动。

我的家乡在鲁北平原，濒临渤海，每到冬天，大雪一下，白茫茫一眼望不到边际，站在原野上，远看"天边树若荠"，近眺"江畔洲如月"，恍惚间就觉得突然走进了孟浩然的诗里，那萧条淡泊的境界又像闯入倪云林的画里。但是，我们这里却绝非什么荒寒之地，农民们忙活一年，到了冬天，修一修农具，到集市上倒腾一点地里的特产，或者逛一逛庙会，看几场文化下乡的电影，让劳累了大半年的身体歇一歇，调整一下心态，准备来年开春，再甩开膀子大干一场……

过去每逢冬天，总有到外地打工或旅游的乡亲，但是今年受疫情防控影响，到外地打工、旅游的少了，在家里自主创业的乡亲明显增多了，农村温室大棚建了不少，反季蔬菜种植、畜禽养殖都比上年有了不小的收获。我想，只要经济发展起来，有了一定的基础，文化旅游产业肯定也会纳入发展规划，在不远的将来，北方的冬天也许真的能够走出"深闺"，披着洁白的盛装，凭着她的天生丽质，傲立乾坤，惊艳世界。

2020年12月

年味

　　一进腊月，就"闻"到年味了。

　　可究竟什么是年味，估计谁也说不清楚。

　　也许，年味是天涯游子们急切的归心吧？是一家人团聚一起闲话家常的温馨吧？是红通通的春联或者香喷喷的年夜饭吧？……都是，可又难以概括全面，就像盲人摸象那样，凡是摸到的都只是大象的一部分，却并非全象。

　　为了解除心中的疑惑，我曾经捋过童年的一些过年的记忆。

　　刚进农历腊月，年味初至，腊八节可算高峰，传统的风俗是要喝腊八粥，腌腊八蒜，据说这一天的粥是"佛粥"，喝了能够消灾除祸，祛除百病；吃了腊八蒜可以消除债务，财源广进。过了腊八节，年味渐浓，二十三是小年，也叫"辞灶"，小时候村里家家户户要祭灶王爷，据说灶王爷吃过饺子就会上天庭向玉皇大帝汇报，报告家里的好消息博取玉皇大帝的欢心，让玉皇大帝保佑来年有更好的收成，过上更好的日子。小年一过年味则更浓，家家户户提前买好猪肉、面粉、鞭炮等准备过节，大人们收拾屋子，打扫院子，到处拾掇得干干净净；孩子们已放了寒假，费尽心机制作了洋火枪等玩具，乒乒乓乓地到处放。大年三十晚上，全村要举行隆重的"较明"仪式，每家抱一捆玉米秸秆竖在街道上，点燃后看它朝哪个方向倒，朝着谁家方向倒就预示着谁家明年的日子"火"，有的迷信的老人引着火往自己家门里拖，口中还念念有词"金轱辘头，银轱辘头，金子银子往家流""金轱辘棒，银轱辘棒，金子银子往家扛"。仪式完毕，各家就在堂屋里团聚守岁，直到半夜时分。大年初一，大人孩子早早起来吃过饺子，放罢鞭炮，就挨门挨户相互拜年，孩子们有时会得到数额不等的压岁钱。过了年，从初二开始，都忙着走亲串友，路上行人络绎不绝，亲戚多的人家，甚至能够走到"二月二龙抬头"的日子。

我小的时候，村里刚刚实行家庭联产承包责任制不久，物质条件还比较艰苦，其实过年就盼着能吃点好东西解馋，穿件新衣服显摆显摆。我们家人口多，伺候一家人吃穿用度，数母亲最辛苦，尤其是临过年那几天，母亲天天围着桌子、锅台转。记得蒸年糕刚出锅的时候，香喷喷的热气满屋子缭绕，母亲会用筷子插上黄澄澄的年糕，笑容可掬地递给我们兄弟几个，让我们大快朵颐……那时虽然住着低矮的土坯房，点着煤油灯，可一家人聚在一起，吃着甜滋滋的年糕，心里像吃了蜜似的，觉得分外满足。

此后，随着改革开放不断深入，日子越来越好，现在过上了以前想都不敢想的幸福生活。可不知怎的，觉得心中的年味越来越淡了。妻子说，现在日子好了，衣食住行都不用发愁，天天跟过去过年一样，所以就会觉得年味淡了。话虽有理但还是难以说服自己。我想，现在日子好了，可兄弟们成家立业，居住在不同的城市，即便过年也很难凑齐，只能通过电话相互拜年问候。春联也不用自己写，商家会无偿赠送。小区里有规定，为了保护环境，过年不允许放鞭炮。父母年龄大了，家人动不动就上饭店、叫外卖，再也吃不到母亲亲手做的年夜饭了……这些都把心中的年味无情地削弱了！

还是女儿看出了我的心思，她说："老爸，您太怀旧了，时代不同了，您要与时俱进……"

女儿的话令我欣喜，无意中发现，那个过去懵懵懂懂的小女孩儿长大了，这是多么大的变化啊，多么大的进步啊！

和女儿一样变化、一样进步的还有我们生活的这个新时代，有人为了救护受疫情困扰的同胞，春节之际服从中央命令义无反顾地赶赴疫区；还有人手握钢枪在遥远的雪域高原、深海大洋巡逻值守保卫边防；更有无数人为建设我们的国家放弃过年休假奋斗在自己的工作岗位上……

为了新生活，为了中华民族复兴伟业，这些人舍小家顾大家，无私奉献，忘我奋斗，这难道不是最好的年味吗？

就连前几天母亲跟弟弟们打电话的内容也令我感动，母亲说："今年疫情防控全国各地出台政策，能够在原地过年就不要再到处走动了，你们一定要听单位的话，等疫情过去了咱们一家再团聚。你们放心，不回家过年我和你爸不怪你们，我们老两口也争取做新时代的老头、老太太。"

新时代、新生活驱走了旧"年味"，新的年味到来了！

喂，亲爱的同胞，迎接新的年味，您准备好了吗？

2021年1月20日

柴火灶

我老家地处鲁北大平原、渤海湾南岸，20世纪七八十年代经济条件相对较差，那时村里家家户户住土坯房，睡大土炕，烧柴火灶。老人们最喜欢睡在连着柴火灶的大土炕上。一天下来柴火灶把炕烧得热热的，冬天睡在炕头上就像睡在了现在的大暖房，感觉非常舒适。

柴火灶，几乎全是用土坯垒的，讲究一点儿的人家也有用砖砌的，一般都砌在卧房的隔壁，柴火灶烟道连着土炕，所以才能够传导热量。柴火灶上面安装着八印大铁锅，旁边是0.5米高、1.2米长的木制风箱。灶膛里烧的是树叶、玉米秸秆或棉花秆，这些都属于"软柴火"，做家常便饭用的。如果炸鱼炖肉就得使用"硬柴火"。所谓"硬柴火"，指的是树枝、树根、荆条之类耐燃烧的材料。那时候村里没有卖馒头的店面、小吃店，乡亲们吃饭全靠自家的柴火灶解决。每当做饭时候，家家户户的烟囱里冒起缕缕炊烟，整个村子到处弥漫着一股烟火气和饭香味。

流光晬语

我们家一日三餐，全靠母亲操劳。母亲用柴火灶煮的饭、烙的饼、蒸的馒头都非常好吃，带着甜丝丝的味道。而母亲最拿手的，是用柴火灶炒菜，炒得既快又好，现在回想起来，那菜的滋味还在记忆深处萦绕，不时勾起肚里的馋虫。母亲有时心血来潮，在蒸馒头或年糕时，还会在灶膛里放上几块地瓜在火边上烤。锅里的馒头熟了，下面烤的也好了，地瓜烤出了油，咬一口，像蜜糖一样甜。

快过年了，忙完自家饭，母亲还要到"大屋"里帮奶奶做饭。记得有一年，爷爷赶年集买回来10多个大猪蹄，收拾好后，让母亲在大锅里炖。这下可苦了母亲，从晚饭后她便开始炖，一直炖到夜里10点多。我困得实在熬不住了，揉着眼爬进被窝睡觉去了。那天奶奶一改往常睡炕头的习惯，破例睡在了炕中间，因为那天烧的都是"硬柴火"，时间又长，把炕头烧得冒了烟！

第二天清晨我早早爬起来，第一件事就是掀开锅盖找猪蹄，锅里的猪蹄都快熬化了，成了膏状，拿起一块，上面的肉肥肥的，咬一口满嘴油，我平生第一次过了顿吃猪蹄的瘾。跑回家看母亲时，发现平日一直早起的母亲还在睡觉，贴近一瞧，母亲正睡得香，脸上还带着几处柴灰留下的痕迹哩。

因为我们兄弟三个年龄相差不多，过年期间家务事太多，母亲只好把我们当女孩子来使唤。我六七岁时就能帮着她擀饺子皮，包过年饺子。饺子包好后，放在盖垫上，上面再盖上粉连纸，有时还要放朵纸花或者几只散的鞭炮。除夕夜，12点准时下饺子，父亲从结着冰的水缸里往大锅里舀水，我和弟弟们负责抱柴火，然后几个人轮流拉风箱，母亲负责下饺子。在一家人的忙碌下，热腾腾的过年饺子很快就端上了桌，大家围坐桌前高高兴兴地吃着饺子。母亲每年包饺子时都特意包上几个豆腐馅的，并且说谁吃到就预示着这一年谁最"有福"，因此谁如果碰巧吃到豆腐馅饺子，心里便格外美滋滋的。

到了20世纪90年代，我们兄弟三个先后参加工作，告别了家乡。新世纪初父亲和母亲也处理掉老屋，跟着我搬到县城居住。到了县城，因为住楼房用的是煤气灶，后来又通上了天然气，所以用柴火灶做饭的日子一去不复返了。但我始终难忘用柴火灶做的饭，每每想到童年围灶忙碌过年的情景，心里总觉得空落落的。

最近，城里有家名叫"农家大锅台"的饭店生意很火，厨师炒菜用的就是柴火灶，就餐的桌子是过去农家用的吃饭桌子，凳子是矮脚方凳，雅座的墙上还贴着20世纪八九十年代流行的年画。我曾经去饭店品尝过一次，饭菜质量挺好，终于找回了过去吃柴火灶的感觉。我挺佩服饭店老板的创意，向他询问过使用柴火灶开店的原因，老板同我谈起生意经，他说："我们的先辈几千年来都使用柴火灶做饭，柴火灶养育了一代代中国人，柴火灶已经成为一种标志性事物，深深地印在了民族的记忆中，形成了我们中华民族饮食方面的宝贵遗产。

如今国家支持'三农'工作发展的力度空前，农民的日子越来越红火了，而发展最终要将农村的产品或服务推向市场，参与竞争，而竞争离不开品牌，利用柴火灶做出的饭菜就具有这种创造品牌的潜力，所以我们饭店不仅要继承柴火灶这一历史遗产，还想进一步将它发扬光大。"

听了饭店老板这番"豪言壮语"，我心里愈加钦佩。是啊，农村经过40多年社会主义市场化改革，不合时宜的东西该淘汰的都淘汰了，能够保留下来的都是中华传统文化的精华，通过无数人的努力推广，说不定柴火灶将来也能撑起一片天，做成大产业，为乡亲们实现中国梦做出应有的贡献呢！

2021年1月25日

三峰伯

今年春节期间，区政府加强疫情防控，号召干部群众尽量在原地过年，为此，我只好放弃了回老家过年的计划。大年三十那天，我自撰自书了一副对联贴在门上。自己写对联、贴对联的习惯，已保持很多年——这个习惯的养成，其实多亏了三峰伯。

三峰伯快80岁了，高个子，黑皮肤，花白的须发，戴着一副近视眼镜，一年到头总穿一身藏青色的中山装，衣服虽旧，但干干净净，纤尘不染。据说，三峰伯小时候读过几年私塾，写得一手好毛笔字，"文革"期间因家庭成分不好受影响而不得志。改革开放初期他时来运转，担任了几年村小学教师，不过后来没有办理转正，继续回家务农，又担任了多年小队会计。他为人公道正派，村里人都格外尊重，红白大事多愿意请他来主持。过年时，家家户户都拜托他写对联，整个村子就是他的"一手字"，外村人走亲串友到我们村时都要在门前驻足瞻望，没有一个不夸赞的，那娟秀飘逸的字迹到现在还印在我脑海里。

　　我上初中后，也喜欢上了毛笔字，最初练的是柳体，练了一年多。有一次过年回家时，忽然家里来了很多人，都来找我写对联。我很诧异，告诉他们我写得不好，应该请三峰伯去写。谁知来的人说，就是三峰伯让他们过来找我的。我想三峰伯年年写对联，大概写腻味了，故意推托呢。于是，我就跑到三峰伯家中问个究竟。

　　三峰伯家住在村东头，院子不大，院里种着两棵石榴树。他家里陈设很简陋，卧室里放着一张三屉桌，上面摆着笔墨纸砚。那天，他正在旧报纸上临摹，见我进来，似乎知道缘故，一边招呼我坐下，一边说："我知道你的来意，你不要奇怪，写字这技艺，不仅需要个人坚持，还需要一代一代人往下传啊。小子，我知道你练字了，也知道你写得挺好，今后咱村里的对联应该让你们年轻人来写啊，你明白吗？""我……"听了他的一番话，我心里动了一下，不知说什么才好。他从眼镜后面瞅着我，和蔼地说："什么也别说了，赶紧回去写吧，大伙儿都等着呢。"我重重地点点头。从三峰伯家出来，从他的眼神和语气里，我明白了他的心思，他是希望书法后继有人啊！自那以后，我练习书法的信心更足了，决心也更大了。

　　过年的时候，跟父亲唠家常，聊起老家的事情，自然提到了三峰伯。父亲很知道他的"底细"，叹息道，他是一个好人，可惜命运不济，年轻时候上学，他在班里成绩从没有出过前三名，只是因家庭成分不好，不能考大学，所以不得不辍学。后来在村小学当民办教师，眼看就要转正了，上面只给了一个名额，同他竞争的是小学校长的亲戚。为照顾亲戚，那个校长串通亲信造假材料，写检举信，愣是找碴儿把三峰伯替换下来，把自己的亲戚推荐上去。校长的亲戚转正了，三峰伯却被学校辞退了。几年后，校长和亲信闹矛盾，那亲信找到三峰伯，怂恿他去县里告校长的状，三峰伯却说："校长的亲戚转正后，就勾搭上学校一名女教师，要和原配离婚，原配拖着三个孩子，死活不同意，最后被逼得喝药死了。那名女教师见那人无情无义，也不和他好了，现在校长的亲戚自己带着三个孩子艰难度日，如果把他告下来，孩子们失去依靠，往后怎么生活下去呢？"校长的亲信听三峰伯这样说，气得眼睛里冒火，甩袖子走了。

听了父亲的话，三峰伯在我心目中的形象更高大了。

前几年，国家有政策照顾老年人，农村60岁以上的老人都享受老年补贴，过去干过民办教师、赤脚医生而没有转正的人都有补贴，特别是2005年以后，国家免除了农业税，这样一来，三峰伯晚年的日子也算衣食无忧了。父亲接着说："你三峰伯这人，心眼实诚，他从1981年至1988年在村小学当民办教师，一共干了7年，可填表时，他却把7年中寒假和暑假、麦假和秋假的日期都去掉，只填了5年。民办教师补助都发了快1年了，区财政局复核时发现了问题，仍然按7年给他发，并且把上一年少发的部分也补发了。"

"唉！像你三峰伯这样的人越来越少喽。"父亲感慨地说。是啊，对比现在社会上挖空心思占国家便宜、占别人便宜的人，像三峰伯这样的人还有多少？

过年后，疫情防控稍微缓解，我赶紧回老家，买了点儿礼物去看望三峰伯。谁知到他家时，他儿子小峰臂戴黑纱出来迎接："哥，你来晚了，头年俺爹写着写着字，忽然趴在桌子上一下就去了！他临走前几天，还念叨你，说你如果在家，村里的春联就不用他写了。"

唉！这可恶的病毒！如果早点回家，说不定还能见三峰伯一面，可是……

这时天空忽然飘起了雪花，围着坚守在院子里的两棵石榴树飞舞。在一片茫茫的雪色里，泪眼模糊中我仿佛看见那个高个子、黑皮肤、须发花白、戴着一副近视眼镜，穿着一身朴素中山装的身影正像往日一样，站在石榴树下，对着盛开的火红的石榴花，笑哩。

2021年3月2日

向美而行

作为一名中国山水画爱好者，如果能有一本书引领你进入传统山水画艺术的神圣殿堂，该是多么幸运的事情。

作为一名没有受过专门美术教育的业余爱好者，如果能有一本书带你走进课堂，请名师讲解作画过程，展示其中无法用语言传达的奥秘，该是多么难得的事情。

这样梦寐难求的稀罕事，《人美画谱》却让它变成了活色生香的现实。

我于20世纪70年代出生在偏僻的鲁北农村，小时候喜爱写写画画，可那时条件异常艰苦，根本没有机会接触专业美术类的书籍，更不用说教美术的老师了。长大后到外地求学，有一次逛书店，见到一本《芥子园画谱》，翻看后如获至宝，爱不释手，于是咬牙用平时积攒的生活费买了下来。那本《芥子园画谱》是清末巢勋的临本，上面的图画只有轮廓，墨色根本看不出变化，后来才知道那叫"有笔无墨"。照着画了几年，因无人指点，收获寥寥。工作后一直忙于生计，辗转奔波，辛苦劳瘁，对于美术的爱似乎渐渐冷却。

2008年，我终于得到一份比较稳定的工作，长期隐藏在心底的美术情结突然爆发，于是重新拿起毛笔每天练字习画，坚持至今没有一天间断过。

为了学会中国山水画，我买了很多参考书，其中比较喜欢荣宝斋出版的《龚贤山水画谱》，我从龚贤的一树、一石学起，算真正踏上了一条追求艺术的道路。龚贤为明末清初的遗民画家，一生坎坷，然而对艺术却矢志不渝，"四十春秋如茶苦"，非常执着，最终创立了独树一帜的"黑龚"画风，傲立当时画坛并影响至今。学习龚贤绘画的重点在其浑沦苍劲的积墨法，难点也在积墨法。荣宝斋出版的那套画谱，画第一遍时笔迹还很清晰，但后面的墨色递加过程却怎么也看不出头绪来。为学会积墨法，我想了很多办法，国内近几年出版的关于龚贤的专著几乎都买全了，也通过互联网观看了许多临摹龚贤绘画的视频资料，结果却很失望。他们要么语焉不详，要么避重就轻，要么不懂装懂，总之，让人始终不得要领。其中有两类真可谓极端，一类是真正的大师，如李可染先生，画理说也说了，也有演示的视频，然而说时无画，画时无说，两者结合不起来，抑或我水平太低，理解不了？一类是出来混饭吃的所谓"名家"，拥有各种冗长吓人的头衔，其实根本没有搞明白，就在那里夸夸其谈，自我陶醉，听完令人头脑发昏，愈加摸不着边际。学不得法，学而难进，使我深深地陷入苦恼之中。

　　2018年，我忽然发现网上有一套丛书在售卖，是人民美术出版社出版的《人美画谱》系列，其中有一本《人美画谱·龚贤》，抱着试试看的心态，我购买了一本。书到后，我惊喜地发现，里面不仅有印刷清晰构图精美的范画，而且还有荟萃当代名家录制的视频资料，用手机扫过书上的二维码后，还会呈现出细致入微、精确明了的讲解和演示。担任《人美画谱·龚贤》这本书讲解演示的，是当代著名的山水画家刘荣老师，他是中央美院毕业的高才生、李可染先生的再传弟子，目前国内研究龚贤山水画成就突出的专家，他从一树、一石、一个画面的局部入手，边演示边讲解，把龚贤积墨法的隐秘难懂之处清清楚楚明明白白地演示讲解出来，而且平实通俗，言简意赅，将我多少年的疑惑一下子都解决了。

　　从那以后，我按照刘荣老师讲解的临摹方法，耐心地对照龚贤画谱又临摹了多遍，现在自信已经把龚贤的绘画技法特别是积墨法基本掌握了。

　　学习艺术，特别是中国传统技艺，最初均起源于模仿。而在模仿阶段，最难得的就是遇到一位好老师，能在关键时刻关键节点给你点拨，帮你纠正错误、扬长避短，否则，任有天纵之才，也会无从着手，最终什么精华也学不到。在《人美画谱》的指导下，我对龚贤各个时期的作品进行了比较深入的研究，掌握了龚贤绘画的一些规律，比如龚贤在加皴时，第一遍用笔一定要干一些，墨色要深一些，第二遍笔的水分要多一些，墨色要淡一些，这样才能画出石头既苍且润的感觉；再比如，龚贤点苔时，点苔的部位，墨色的浓淡，水分的多少，苔点的方向、大小、聚散等都是有讲究的，可以说笔不妄下，看似随心所欲，实则用心至极；还有龚贤点树叶时，留瀑布、河水、道路的空白时，画茅亭、帆船、桥梁等点景物时非常讲究物象透视关系和体积感的呈现，这些都需要细心观察反复摹画才能体会出来。

突破龚贤积墨法这一难关，如同写近体诗掌握了平仄格律，眼界就大不一样了，再回头来看历史上各个时期的画家及作品，孰优孰劣，哪个能学，哪个不能学心里也就有数了。从历史纵向比，龚贤积墨法虽然突出，但笔法、构图并非上乘。为了练习笔法，需要接着学习宋画。注重厚重的，可以学范宽；注重变化的，可以学李成；注重精谨的，可以学巨然……总之，每个学习者完全可以根据自己的兴趣爱好自由选择。强化了笔法后，可以继续学习传统山水画的构图方式，如北宋的全景式构图，马夏的边角式构图，倪瓒的一河两岸式构图，石涛的截取式构图，等等，最后通过到现实生活中对景写生，逐渐形成自己的风格。正如前辈画家曾经说过的："画山水要层次深厚，就要用'积墨法'，积墨法最重要也最难。"学会龚贤的积墨法后，可以说完全能够做到一通俱通，触类旁通，所谓"于此了然，则画道思过半矣"。

回顾自身学画经历，我觉得中国山水画根本不像有些人说的那样玄虚，那样不可捉摸，它自有一套健全完整科学的体系。文以载道，画亦载道，优秀的中国山水画是中国哲学精神的反映，是人类智慧的诗意表达，是画家个人强烈的思想感情和高超技巧完美结合的产物。欣赏这样的杰作，可以净化人的心灵，陶冶人的情操，给人以无穷无尽的美的享受，我想，这也许正是《人美画谱》这套丛书编者的慧眼和匠心之所在。通过出版这套丛书，既普及了传统美学，对国民进行美学审美教育，又采用了最先进的科技手段打造出3D读物，为像我一样的广大美术爱好者打开一道方便之门，开启一扇益智之窗，指出了一条正确光明的学习道路，并增加美术爱好者探索的勇气，让他们能够放眼未来，坚定信心，向美而行。

《人美画谱》丛书，对于中国传统美术的普及和推广功莫大焉，其功在当代，利在千秋，感恩人美！

2021年3月22日

走进孤岛万亩槐林

早就听说孤岛有片万亩槐林，是20世纪60年代至80年代中期建成的生态保护林，规模大约10万亩，形成当时华北地区最大的人工刺槐林防护带，我却一直无缘目睹它的风采。

2021年4月24日，我们一行人在东营市安老师带领下，怀着一颗仰慕的心，终于来到了万亩槐林。

清晨的天空一扫昨日的阴霾，阳光从刚刚吐出嫩叶的树枝缝隙里洒落下来，柔和地铺在林间茵茵细草和一条曲折而光滑的小路上，空气异常清新，耳畔传来鸟儿清脆婉转的歌声，仿佛也在欢迎我们这些远道而来的客人。

我们簇拥着向槐林深处走去。槐树属于我们当地常见的树种，粗看之下，你会觉得它太普通，竟还有那么点儿野、怪、老、丑。你看，经年的树枝没有人修剪，四面横生，丝毫没有秩序感。大大小小的树干偃仰俯侧，东倒西歪，呈现各种奇怪的姿态。皴裂的树皮层层脱落，像老人将秃的须发。嫩树里面夹杂着倾倒的老树，有的只剩半截树桩，有的像折残了手臂，丑陋不堪。放眼乍望，觉得凌乱、粗糙得很。

可是，越往里走，置身林间久了，竟慢慢品味到了一种独特的美。槐树，它以素面示人，丝毫也不张扬，既没有矫揉造作，更不会描摹掩饰。它是那样淳朴，像极了鲁北农村的姑娘，性格中透着一股"实诚劲儿"，让人不知不觉亲近了好几分。

向导安老师已年近60岁。他头发稀疏，衣着朴素。这时，他给我们介绍了万亩槐林的来历："我小时候，这片林子还没有建成，春天和冬天刮大风时，常常天昏地暗，黄沙飞舞，吸一口气，人就会觉得牙碜……每当风沙肆虐时，地里劳作的人要么匆匆回家，要么就躲进背风的河岔处或成片的灌木中，等风沙小了再出去……"

"那当初为什么选择种槐树呢？"有人好奇地问。

"听说开始栽树时，人们预先选了很多树种，经过反复研究，要么因为树形高大容易吹折，要么矮小挡不住风沙，要么树种不耐盐碱，所以都被放弃了，最后选中了最易活、最普通的槐树。第一批槐树栽下去，很快成活了，后来接着栽种了第二批、第三批……逐渐形成了现在这个规模。"

听完安老师的介绍，再看这一眼望不到边的槐林，一种崇敬之情油然而起，便越发喜爱这些浑身"野味"、充满蓬勃生机的槐树了。是啊，这些树自从被栽植到这里，无惧风吹雨打，不畏严寒酷暑，几十年如一日坚守阵地，像驻守边防哨所保家卫国的战士一样守卫着这方水土。在艰难困苦中，默默奉献，万亩槐林成了当地百姓的守护神，让这块地球上最年轻的陆地免受灾害侵袭，让东营人民获得一个安全优美的生态环境，使当地经济建设夺取了一个又一个胜利。

看吧，生长在槐林中的每一棵树，手拉着手，根连着根，前面的倒下了，埋身瘠土，化作营养，滋养后辈；后面的一批批长起来，前赴后继，战风斗沙，无惧无畏，傲然屹立。这种贫贱不移、坚贞不屈、无私奉献的精神不正是我们伟大民族精神的写照吗？勤劳的东营人民治理风沙，让荒滩变美城，这种华丽蝶变，不正是秉持尊重自然、顺应自然、保护自然，促进人与自然和谐发展理念的生动体现吗？

流连林中，我轻轻抚摸着一棵棵槐树，哪里还有初见时的"野、怪、老、丑"？一树树青枝绿叶，柔美中透着坚强。它们虽其貌不扬，却在平凡里蕴藏着雄健气魄；虽默默无言，却矢志不移地坚守着每一寸土地……

"现在时间还早，等到五月中旬槐花一开，漫天洁白，香风万里，那才叫壮观哩！那时养蜂人都赶来了，蜜蜂到处飞舞……槐树浑身都是宝啊！"

听着安老师兴致勃勃的介绍，一幅色彩绚丽充满唐风宋韵的画卷仿佛在眼前展开，那画里青山绿水，繁花似锦，人们安居乐业，到处传递着欢声笑语……

这样想着想着，不觉走到小路尽头，需要乘车赶往黄河书院了。这时忽然觉得，万亩槐林，我竟有些舍不得离开了。

2021年4月30日

鸟巢

——写在沾化区作协成立之际

前天晚上，跟朋友们商讨修订沾化区作协成立的文件，改完后已时过八点，肚子早饿得咕咕叫，于是我们就到附近一家小餐馆吃饭。

在二楼的房间坐定后，一边等上菜，一边有说有笑地聊天，并没有什么主题，想到哪儿就说到哪儿。忽然，耳边传来雏鸟的鸣声。起初以为楼道里放电视，推门看，也没有什么动静。接着又听见几声，才发现原来叫声是从临窗墙壁的一条向外开通的烟道里传来的。店主人特意在屋内用透明胶带把烟道口粘住了，可鸟声分明就是从那里面传来的。

同伴忍不住好奇，踩着椅子揭开透明胶带，用手机灯光向烟道里面照去，接着发出一声惊叹："呀，快看，一个鸟巢！里面有雏鸟，嘴巴还是黄色的呢！"大家依次踩着椅子上去看，里面果然有四只雏鸟，叽叽喳喳地叫着，因为有风钻入烟道，雏鸟们都蜷缩在用干草铺就的简陋的窠巢里。

我们重新把透明胶带粘上，纷纷坐下来，话题一下全集中到这个奇异的鸟巢上。

"大概说笑声太大，把它们惊醒了。"

"这鸟儿可真会因陋就简，怎么把巢安在这里？"

"只有小鸟，鸟妈妈哪里去了？"

"也许刚才揭开胶带时，把鸟妈妈吓走了。"

"怎么可能，难道会丢下小鸟不管吗？"

……

这时候，服务员端菜进来，我们打住话题，赶紧填饱肚子。

吃完饭，我最后一个走出房间，回头望一下那个奇异的鸟巢，希望再听到雏鸟的鸣叫声，然而却悄无声息，大概它们又睡熟了。

回家路上，我想，在印象中，鸟儿们一般爱把巢安在繁花密叶中，享受大自然的阳光雨露，跟大自然亲近，但这只鸟却选择把巢安放在最靠近人类生活的地方，接受人间烟火的熏染。鸟巢筑的位置虽然奇特，但它风刮不到、雨淋不着，非常隐蔽而坚固，任何天敌也奈何不得，鸟宝宝们可以无忧无虑地成长。这说明什么？说明近些年我们城市的文明程度有了很大进步，人与自然真正做到了亲密无间、和谐相处。由此，我又忽然想到，即将成立的区作家协会不也正是这样一个"鸟巢"吗？激荡的时代风云诞生了它，它被"安放"在这样一个充满关爱和呵护的社会环境里，难道我们作家们不应该有一番作为吗？不应当像那几只雏鸟一样，一鸣惊人，一飞冲天吗？

　　当天晚上，我做了个梦，梦见那几只雏鸟浑身长满了翡翠般的羽毛，正展着矫健的翼翅在高高的蓝天里自由飞翔……

2021年5月15日

心灵之火与逐梦之园

——滨州市作协首届读书班散记

一个整天在万丈红尘中打滚的人，能够找到一处清静所在，关起门读两天书，享受文学艺术的熏陶，是一件多么幸运的事；一群执着于文字，对美好精神生活孜孜追求的同行，能够聚在一块儿交流切磋，谈古论今畅所欲言，是一件多么惬意的事；一个硕大的园子，敞开心扉接纳你，又让你毫无保留地亲近它赞美它，是一件多么温馨的事。倘若将上面这些感觉装在一只瓶子里摇晃几下，混合起来，就是我参加滨州市作协首届读书班的真实感受。

前些日子，我一直忙于工作，活动一个接着一个，搞得身心俱疲，很想停下脚步走进一座花园，对着园中盛开的鲜花说说心里话。同时由于工作缘故，不得不做些自己不愿做的事，不得不麻烦些自己原本不愿麻烦的人，也让心中感到憋屈。然而在国昌怡心园的两天时间里，我第一次觉得自己彻底变成一个远离尘嚣、遗世独立的人，一个真正把自己活成了自己的人。也许会有人说，这里的功能就是用来养老的，当然会给人清雅脱俗的感觉，你既然有这种感觉，只能说明你老了。可我想，"老"仅仅是生理上所表现的，自然规律谁也无法抗拒，关键是一个人的心态不能老。生理上老了，吃饭可以少一点儿，走路可以慢一点儿，做事可以缓一点儿，若心理上老了，一个人的生命也就到了尽头。说实话，我自觉心里还装着一团火，只不过在国昌怡心园里，没有外界干扰，这团火烧得更单纯一些、更宁静一些罢了。

参加读书班，结识了不少在文学方面有较高造诣的老师。时培建是一位诗人，一米八的大个子，充满青春活力，单从外表你根本看不出他是一位心思细腻、对文字千锤百炼精益求精的诗人，或许他的心与相之间的差距，本身就是诗意的留白；于海棠一举一动间就是个诗人，她活得潇洒、优雅、精致，听她说话，感觉把无棣镜湖的灵气都带来了；诗人许烟华外表恬静、柔和，谈吐文雅，学识渊博，但很明显，他心里也燃着一团火，一团炽烈的火，以至于他的脸上都泛出压抑不住的红色；刘庆祥主席是我们的领导，也是一位长者，他平常话不多，但判断力超绝，往往能用一两句话点醒大家，更出人意料的，他居然还是一名骑行者，这个从小在黄河滩长大的汉子，用特立独行诠释着他坚毅的性格；孙光新匆匆从惠民县赶过来，上了一堂关于非物质文化遗产保护的课，他语速很快，乡音更浓，如果一个人说话时独特的声音也算非物质文化遗产的话，他绝对有申请的资格；赵兴国非常豪爽，属于路见不平挺身而出、拔刀相助那样的人，他慷慨激昂的情绪，精辟的分析，简直要把孱弱的文字全都剖开了、揉碎了；舒中恰恰相反，是个性情极度温和的人，他儒释道互参，建立了自己人生的坐标系和文学的落脚地，有人说他前生就像个托钵游方的僧人，可我觉得他分明是《天龙八部》中描写的那位扫地僧，外表虽极其平常，而武功却极其高强；刘丽丽是第一个发言的人，柔声细气的，她是滨州市写散文少数几个能够"摸"到冰心奖的人之一，我却把她写在最后，因为我觉得，她的每一句话满满的都是嘱托，沉沉的全是叮咛，爱自然、爱生态和爱人类、爱生活是一体的，没有差别，这些满满的沉沉的爱已把她"折磨"得有气无力的，她的嘱托和叮咛就是对这次读书班最好的诠解，也是最大的期许。

居住在国昌怡心园的两天里，最难忘的是这里的夜。人虽然在园里，但你却仿佛置身于一片辽阔的原野，晚风轻拂，星光明亮，视野开阔到令人觉得奢侈的程度，耳畔响起月亮湾潺潺的流水声和秋虫的呢喃声，鼻子里嗅到的是秋天特有的果实成熟的气息，那种久违了的故乡的气息。在园里住久了就会感到有一种温柔的力量包围着你，仿佛大自然在你身边喁喁私语，向你袒露心迹，整个人就像活在一则童话故事里：王子遇到了公主，然后他们幸福地生活在一起……

两天的时间太短，短到心灵与心灵碰撞出的火花的闪光还没有停息。我想，只有心中同样燃着一团火的人之间才能擦出火花，这火花光芒四射，照亮我们前进的道路。也许，国昌怡心园会成为那个播撒火种、点燃希望、让梦想启航的地方。

再见吧，亲爱的朋友！再见吧，国昌怡心园！也许走过一段路，蓦然回首这段时光，你会惊诧于心灵之火与逐梦之园在灵魂层面的高度契合，而正是这种灵魂层面的高度契合所诞生的磅礴伟力助成了你生命的再一次升华。

2021年9月14日

大地手心儿里的宝

华夏古国，沃野千里，每个地方都有特产，像大地手心儿里的宝，蕴藏着说不尽的故事，深深地镌刻着人类文明的痕迹。岭南的荔枝，折射着大唐王朝的繁华；塞北的乳酪，哺育出马背民族的剽悍；新疆的葡萄，记录了张骞两度出使西域的贡献；吴越的鲈鱼和莼菜，令张翰放弃了仕宦生涯……如果将这些散落在各地的文明瑰宝汇集起来，一定能打造成一条闪耀着中华文明之光的精美项链。我的家乡就有这种"项链级"的宝贝，那就是被誉为"东方神果"的沾化冬枣。

小时候记忆中并没有人提到"冬枣"这名字。只记得有一种枣树，与普通枣树没有区别，生长在房前屋后、篱侧田头，有着虬曲的枝丫，椭圆的叶子，细小的花朵，只有枣子成熟的时候稍有不一样。普通的枣子一过农历七月中旬就开始半红，月底已全部采摘了；这种枣却要晚熟一个多月，结的枣子又甜又脆，吃上一颗，口齿生津，回味无穷。

我至今仍记得当年摘枣子的情形。别的树上的枣子，可以用竹竿打，一竿下去，叽里咕噜从树枝的空隙间滚落下来，像下了一阵冰雹，拣起枣子来，一颗颗完好无损。而收这种枣子却不能那样，它娇贵得要命，只能一颗颗用手摘下来，否则掉在地上一准儿摔破了。其他枣子收下来，可以放在太阳地儿曝晒，晒成干枣存起来蒸年糕或制枣片茶，一直吃到第二年秋天接新枣；而这种枣子却只能鲜食，因为水分太大，再好的储存条件也存不到年底。小时候家里生活比较困难，枣子一下来，就卖给了收枣的小贩贴补家用，树梢上够不到的枣子才存留下来供我们享用。我小时候麻溜得像只小猴子，爬到那棵在枣树近旁生长的榆树上，一手攀住榆树伸长的结实的老枝干，另一只手去够枣树梢头的枣子。摘下一颗，便迫不及待地塞进嘴里，那种沁人心脾的甘甜不由得让人打个冷战。枣树下，年幼的弟弟眼巴巴望着我，急得跳着脚让我扔给他，手指头不自觉地伸进嘴巴里，流下馋涎来……

枣子的滋味从此烙印在记忆深处，构成我生命密码的一部分。长大后到异地求学，每逢国庆节放假，别的同学呼朋引伴，游山玩水，逍遥自在，我却一定要回家尝尝枣子，好像机动车要补加燃油，吃过枣子浑身才觉得有使不完的劲儿。毕业时，大多数同学选择留在当地大城市工作，有几位"老铁"也极力撺掇我留下。我翻来覆去睡不着，想了一夜，枣子的味道漫溢而来，我抵不住它的诱惑，忘不了那种渗透到血液中的味道，更忘不了那融化到生命中的乡情和亲情啊！于是我选择回到了家乡，从此融进小城生活的洪流中，过着平凡得不能再平凡的日子，拔不出脚来了。这些年虽历经波折，辛苦辗转，吃过不少苦头，但每年有枣子可吃，有甜味盈喉，有亲人相伴，心里始终涌动着一股暖流。

到了20世纪90年代，家乡人民把这种不同寻常的枣子开发出来，让它从庭院走向大田，逐渐形成了叫响国内外的冬枣产业，而家乡沾化也在1995年被命名为"中国冬枣之乡"。又经过若干年的发展，我的家乡真正形成了"地方靠枣扬名，农民靠枣吃饭"的局面——小冬枣已成长为沾化百姓致富奔小康的大产业，大地手心里的宝变成了老百姓心目中的"金疙瘩"。仲秋时节，你到我家乡来看吧，30万亩冬枣成熟，枝头硕果累累，田间万头攒动，路上商贾云集，景区游人如潮，冬枣红了，乡亲们的日子也"火了"。

家乡的冬枣为什么会有如此大的魅力呢？我曾经困惑过，为寻找答案，也曾刻意比较过冬枣与其他地方枣子的差异：同黄土高原的枣子比，冬枣个头明显是小的；与金丝小枣比，冬枣的储存期明显是短的；和国外的一种柿枣比，冬枣的硬度明显是大的……然而味蕾的记忆不会错，冬枣的酥、脆、甜、爽却无与伦比！我想，冬枣之所以名贵，因为她就是沾化这块大地手心儿里的宝，是走遍天下也难寻的"独一味"，世上只有其一，没有其二。与其说我们追枣，还不如说我们追味，那种味道就如同珠宝产生的"珠光宝气"，是由光和气升华凝结而成的，而光和气正是人类生存永远也无法脱离的两样物质。这种味道的追逐有时是致命的，为了追味，苏东坡曾冒着生命危险吃过河豚，孟浩然直接献身给了槎头鳊，刘伶更是留下鹿车壶酒"死便埋我"的逸事……

细细想来，我们每个人穷尽一生，不都是在有意或无意地追味吗？陶渊明追逐"采菊东篱下，悠然见南山"的隐逸之味；郁达夫走遍天南海北追逐可赏可玩的秋韵之味；曹雪芹写下《红楼梦》血泪书，也还是为了追逐难分难解的痴情之味；即使每个普通人，譬如我，不也是一直在追逐着难以割舍的"乡情枣味"吗？

又是一年丰收季，冬枣飘红，漫步枣林，满眼里硕果一串串垂下，珠圆玉润的枣子发出诱人的气味，恍惚之间我仿佛又看到了那个一手攀着榆树枝一手够枣子的少年。这时，心底突然涌起一句诗，不觉轻声吟出来：人生就像一场短暂的逐味之旅，大地手心儿里的宝自带光华，照亮每个人的生命，能够品出其中滋味的，他的人生肯定色彩斑斓，不同凡响……

2021年10月8日

家乡有条徒骇河

　　我的家乡鲁北大平原上，没有突兀的高山，也没有纵横的沟壑，只有广袤无垠的田野和一眼望不到尽头的道路。每天面对着这样平凡的风景，就像浏览一篇流水账似的文章，总觉得缺乏激情，时间久了甚至会生出一点点落寞之感。幸而有徒骇河穿流而过，那婉转婀娜的样貌，奔腾不息的水声，似一位多情女子，给家乡人平添了无限的趣味。

　　相传徒骇河是大禹治水时开凿的河流，古河道自河北省一带入海，后来几经沧桑，终于改从我的家乡注入渤海。我家临河而居，小时候常常和小伙伴成群结队到河堤上，一边玩耍，一边眺望河里来往的渔帆，以及桥上行色匆匆的路人。我只是看，从不下去游泳的，一则害怕水深，再则也很忌惮奶奶讲的故事里的老鱼怪。奶奶曾经在夏夜乘凉时摇着蒲扇说："从前徒骇河很凶很凶的，动不动就涨潮、发大水，弄得乡亲们活不下去。后来县官就到泰山求了一块宝贝放进河里镇压着，从此风平浪静了好些年。为看好宝贝，县官专门派一位大力士天天巡逻。有一年，忽然来了个南蛮子，他知道河里有宝贝，就要攫取。他听说大力士爱喝酒，就买通渡口附近的酒家把他灌醉，而且让酒家在大力士的腰间系上一只猪尿泡。当天夜里南蛮子挖宝贝动静很大，大力士去阻止，结果跳进河里那只猪尿泡一下子变成了大屏障，大力士既淹不死，也够不到宝贝，眼睁睁地看着南蛮子把宝贝取走了。第二天，县官知道后非常生气，就把大力士绳捆索绑投进河里。从此大力士就变成了老鱼怪，行船的人如果不按时祭拜，就会被他拖进水里……"

奶奶的故事烙印在小孩子的心里。我一面害怕"老鱼怪"，一面又非常渴望得到那样的"猪尿泡"。有一年冬天村里人杀猪过年，终于获得一只，充满气后果然膨胀得很大，可几天后就风干破裂了，连挂在腰间一试的机会都没有，更别指望它变成什么屏障了。长大后才晓得，"老鱼怪"的故事其实是奶奶瞎编的，目的是阻止我们到徒骇河里游泳。就这样，徒骇河从面前流过，我却从来没有到河里扑腾几下。

即便不游泳吧，徒骇河的风光照样深深地印在童年的记忆中。

最迷人的当属春夏两季。春天，河里的冰雪融化了，一河碧绿的春水惬意地流淌着，仿佛睡足的人伸了个懒腰。河滩里的芦苇、水草、野菜冒出新芽儿，嫩嫩的，茸茸的，散发出缕缕清香。河滩往上，两边的麦田连绵不断，麦苗刚刚返青，饱含着绿油油的汁液，风一吹仿佛就要流溢出来似的。麦田旁有道路环绕着房屋、村落，这时恰好有一层似轻纱般的薄烟袅袅升起，从薄烟里偶尔传出几声鸡鸣狗吠，那情形简直就是一幅醉人的田园风景画。惊蛰一过，气候更暖，河里的鱼虾多起来，青蛙也出来了，产下很多小蝌蚪，在水里自由自在地游动。几场大雨过后，河面变宽许多，河水奔涌着，颜色有些浑浊，这时青壳的毛蟹从水里爬出来，到岸边的芦苇丛里喝甘甜的雨水，绿壳的乌龟也匆匆上岸翻土产卵。等到春夏之交，草丛里、泥地上，成群结队的小毛蟹和小乌龟朝着河水爬去。这时芦苇也长起来了，里面藏着许多叫不上名字的鸟儿，还有野鸭、刺猬、野兔、蚂蚱、螳螂等，简直变成了动物们的乐园。河面上的渔船渐渐多起来，撒网的、垂钓的，在岸边摸泥鳅、剜蛤蜊和蚬的络绎不绝，不大一会儿工夫就有了满意的收获。那时候卖鱼虾的很少，主要为打牙祭，炖几条鲜鱼、熬一锅蛤蜊汤，或者把泥鳅裹在泥巴里烤熟，都是清贫家庭难得享受的美味。那时乡亲们几乎没有什么养生观，捉到毛蟹、乌龟、青蛙等，都会放生，绝不认为它们是什么滋阴壮阳的补品。

秋冬季的徒骇河显得比较寂寞。秋天，芦苇黄了，一阵狂风扫过，浓密的叶子沙沙作响，雪白的芦花沿着河道四处飘荡。芦苇中很多鸟儿都迁徙到温暖的南方去了，就连成天站在芦苇秆上捕鱼的翠鸟也不见了，剩下的只有小巧机灵、爱好群居的麻雀。冬天，西北风沿着河道呼啸奔跑，河水很快封冻得严严实实的，很多人不再绕远道过桥，而是踩着冰面过河。如果谁家碰巧有坐月子或生病的需要滋补一下身体，会有人用铁钎铿铿地凿开半尺厚的冰，下网从冰窟窿里捕鱼。一网下去，就能打出几条白鲢或鲫鱼，运气好的，还能打到20多厘米长的金色鲤鱼。

在我童年的心目中，徒骇河不仅是一条风光秀丽充满生机的河，更是一条带着对未来的憧憬与向往，给我增添无穷信心和力量的河。幼小的我，常常站在河堤上目送徒骇河水滔滔北去，有时心中会涌出疑惑，河水到底从哪里来，向哪里去呢？外面的世界一定很精彩，否则河水为什么一刻也不肯停留呢？这时，我的脑际隐隐有某种声音在召唤：走出去，到外面看一看吧，或许有一种全新的生活在远方……上学后，这种声音越来越响，越来越迫切，一直督促我刻苦读书，后来终于考去烟台市，见到了辽阔的大海，领略了别样的城市风采。

古语说，"人生无坦途"，河也一样。记忆中的徒骇河曾经遭遇过两次危机。一次是20世纪90年代初，因为河里物产丰富，而且能够生财致富，所以做发财梦的人越来越多，下河捕捞者蜂拥而至，徒骇河生态平衡很快被破坏，鱼虾明显少了，野鸭、野兔也基本绝迹。另一次时间更长，危害更大，就是河边上忽然冒出许多小型农药厂、化肥厂、水泥厂、造纸厂，这些厂子无一例外都向河里排污，清清的河水变得浑如黄汤，泛着气味难闻的泡沫，河里的鱼呀、虾呀都遭了殃，变成了毒鱼和毒虾，并且很快销声匿迹。那时，我也正经历着下岗失业和失去亲人的双重痛苦。痛失慈爱的奶奶，又经历了无数次碰壁的我，失魂落魄地站在大堤上，望着同样失魂落魄的徒骇河，相同的命运不禁令我百感交集，眼睛酸涩，心头如同刀割一般。

好在知识改变命运。进入新世纪，知识同样改变了徒骇河和我。随着国家对环境保护工作的重视，人们的思想认识发生了重大转变，绿水青山就是金山银山的观念深入人心。经过有效治理，徒骇河逐渐走出危机，迎来新生；我通过招考进入国家公务员序列，生活轨迹由此发生变化。现在，徒骇河城区段已经建成大禹公园，重新修建了跨河大桥，河道两岸用条石修砌，到处干净整洁，姿容靓丽，明艳得像位新娘。公园里亭台楼榭齐集，怪石古木丛立，奇花异草竞芳，成了市民休闲娱乐的好去处。沿河两侧大堤上都修建了海天大道，可以南接滨州，北通渤海，交通十分便利。在徒骇河西侧的河滩上，目前已建成南北延伸20多公里的滨河公园，形成了独具特色的河海长廊，成为招徕四方宾客的游览胜地。

漫步徒骇河公园，欣赏清清河水，冉冉波光，腾跃白鳞，馥郁岸芷，丰美水草，真如行走在画中。如果骑车远行，就会碰到天鹅、野鸡、戴胜、灰喜鹊、野鸭、白鹭等各种各样的鸟儿，偶尔还会碰到在岸边垂钓的人，白鲢、鲫鱼、鲤鱼在水桶里活蹦乱跳的。今天的徒骇河，已经恢复了往日的生机，而且魅力十足。

　　独立寒秋，再次凝望滔滔北去的徒骇河水，回味它的前世今生，重新检视少年时的心境。我打心眼儿里觉得，徒骇河是有灵性的，它是一条充满希望的河，一条意志坚强的河，一条流向永恒的河，它和所有生长在这片平原上的人都是息息相通、休戚与共的。从古至今，它不知送走多少旧人，又不知迎来多少新人，它就这样沉默着、忍耐着、坚持着、拼搏着，不屈不挠地流淌到今天，而且还将义无反顾地继续流淌下去。我想，在它悠扬的水声里，一定珍藏着无数先辈可歌可泣的故事；在它坚强的身躯里，一定保存着鲁北平原儿女基因的密码；在它宽阔无私的胸膛中，也揣着一代又一代人的梦想——那个心目中永远被期待永远被无限接近的"好日子"。为了追寻那个梦一般的"好日子"，它爱的母乳不分昼夜汩汩涌流，滋养着千万河海儿女，并同它们一道向着"好日子"飞奔，虽九死其犹未悔，纵蹈海而无怨言。

2022年1月2日

腊八日与警察节

今年的1月10日——第二个人民警察节，偏巧和腊八节是同一天，我没有计算过这种双节同庆的概率到底有多大，反正觉得极其难得。

这一天我们家乡称作"腊八日"，家家户户通常要做两件事，一件是喝腊八粥，一件是腌腊八蒜。小时候家里生活条件差，物质相对贫乏，喝碗八宝汇集香甜可口的腊八粥觉得很奢侈，单独腌制腊八蒜也非常不容易，需要花费好多原材料和工夫，那不知是大人下了多大决心才去做的事情。想想那时，再看看当下，日子不知好了多少倍。现在的腊八节，食品店里都有现成的腊八粥、腊八蒜在卖，而且花样繁多，假如不想外出，还可以叫外卖，需要什么，饭店都能照单不误做出来，外卖小哥会麻溜地送到家门口。大家都说生活甜似蜜，其实今天的生活比蜜甜。

过腊八节，喝腊八粥，吃腊八蒜，在传统意义上都为祈求平安。腊八节由来已久，大约是由中国古代汉族"腊祭"、道教"王侯腊"、佛教"释迦牟尼成道纪念日"综合演化而来，是典型的儒释道合流的节日。细细推敲起来，腊八节应该有资格和端午节一样列入《人类非物质文化遗产代表作名录》。别看现实生活中腊八节已经简单到只剩吃喝二字，在古代却是个异常庄严而隆重的节日，这天要举行非常盛大的祭祀典礼的。当然，从另一角度讲，这是时代发展进步的表现，真正的平安怎么会是神圣仙佛的赏赐，或者冥冥中受天意的主宰呢？一定有人在默默地付出，勇敢地承担，不懈地斗争，才能守护整个社会的平安。为某些中国传统节日注入新的时代内涵，非常必要，譬如"腊八日"，我倒觉得应该同中国人民警察节合二为一，只有这样腊八节才能更好地延续，才会成为真正意义上的中国"平安节"。

下午，区作协的几位作家在鲍冬青主席带领下，到市公安局沾化分局深入生活进行主题创作，这是区作协成立以来首次进警营开展活动。我们一行五人先后参观了大高镇警务协作区和富国街道警务协作区。一路上看到听到的都是今年分局以党建为引领，锐意改革，提高效率，为民服务的感人场景和先进事迹。

在大高警务协作区，任主任领我们参观了服务大厅和各个专业功能室，向我们详细介绍了"交所合一"改革进展情况。在三楼大厅，一个反映G205国道交通管理情况的大沙盘吸引了我。为了确保G205国道交通安全，基层干警们费尽心血，除出动警力搞好执勤保障外，还采用了电子眼、无人机等先进技术手段对路况实时监控，实施无缝隙监管。据随行的张主任介绍，目前分局正在实施的"交所合一"警务机制改革，有效改变了交警中队、派出所分线作战局面，农村地区交管力量大幅增加，基层所队勤务普遍由"两班倒"调整为"三班倒"或"四班倒"，县乡道脱管失控问题得以解决，去年12月以来，农村地区交通事故出警速度由最长2个小时提升到10分钟，出警率达到100%，交通违法查处量环比提升8%，道路交通安全得到更大程度的保障。

在富国警务协作区，我印象最深的是他们以党建为引领，以坚守"红心领航"、践行"蓝盾护航"为内容的"枫叶行动"。富国街道位于沾化主城区，民警们肩负着繁重的道路交通、社会治安、行政服务等各项工作任务，特别是2020年以来的疫情防控工作、2021年迎接国家卫生城市复审、全国文明城市创建等常态化或阶段性攻坚任务，富国街道是主战场，他们用情用心用力为民服务，付出了数不清的心血和汗水，保护了城区八万群众的生命健康安全，满足了广大群众的舒适感、幸福感、获得感和安全感。有付出就有回报，富国警务协作区在争创"全市枫桥派出所"基础上，2021年冲击全省"枫桥"式派出所有望成功。

参观完两个警务协作区，我们乘车来到人流如织的大街上。行到沿河路的十字路口，一位交警正在有条不紊地指挥车辆通行，虽是严寒天气我却看见汗水正顺着他的鬓角流淌。道路上不时有警车驶过，那嘹亮的警笛声，给华灯初上、寒风凛冽的鲁北小城格外增添了一份安宁祥和的气氛……

回想着人民警察执勤上岗的动人瞬间，回想着参观时见到的一个个坚毅的面容、忙碌的身影，我的心久久不能平静。啊，光荣的人民警察，假如我是一名歌手，我一定为你们唱出最优美的歌曲；假如我是一个舞者，我一定为你们献上最动人的舞蹈；假如我是一位诗人，我一定为你们写出最壮丽的诗篇。啊，英雄的人民警察，就像经典影片《大话西游》中至尊宝遇见紫霞仙子给的三颗痣变成孙悟空那样，遇见你们，我宁愿放弃"沉默是金"的人生信条，变成一个话痨，说出对你们的无比崇敬和无限祝福……

2022年1月10日

晴空万里并无云

　　情动于中发于外，人脸写着喜怒哀乐，是反映内心情绪变化的晴雨表，但乐极生悲、苦尽甘来的情形，单从脸上有时却看不出来，因为生活中不乏喜极而泣、悲极反笑的例子。还有像《三国演义》中刘备那样喜怒不形于色的人，内心情绪变化就更难揣测了。可一个人情绪隐藏得再深，也逃不过心电图的监测，在它的面前任何情绪波动均无所遁形。相比而言，大自然也是个生命体，它也有情绪波动，也有心电图——这就是"云"。

　　说到云，人们最关注云的变化，宋代的画家郭熙说过，云四时不同：春融怡、夏蓊郁、秋疏薄、冬黯淡，他把北方四季云的变化规律总结得很形象很具体。的确，春天的云大都是连成片的，尤其下雨时饱含水汽，压得很低，如烟似雾般轻轻地笼罩大地；夏天的云面孔最多，变化最快，一会儿如丝如缕，一会儿万马奔腾，一会儿躲在远处冷眼旁观，一会儿又热辣辣地激情四射，直至弄得电闪雷鸣、大雨滂沱、洪水泛滥；秋天一到，天地好像特别留出让大团云朵活动的舞台，云的位置便升得最高，看吧，它们兀立起来，像城堡、像山峰、像猛兽、像巨龙……冬天难得见那些大团大片的云，多半被凛冽的寒风撕扯成一条一块的，好不容易费力地聚在一起遮住太阳，便预示着雪要来了。

看云识天气，抬头望望天空中漂浮的云，就如同窥测到了大自然的情绪波动。中国有很多关于云的谚语，如："棉花云，雨要临"，指云积得高高的像盛开的棉花一样，预示着天将要下雨；又如："云彩倒照，晒得猫叫"，指头天傍晚发生火烧云的情况时，一般第二天天气晴热；又如下雨天："天上亮一亮，地上下一丈""云彩向南雨涟涟""云彩向北一阵黑"等，都是农耕时代积累的关于天气变化的经验。这些谚语最能反映云作为大自然心电图的特征。

大自然情绪最好的时候，万里晴空，瓦蓝瓦蓝的，并没有云。我觉得，这才是一种至高的境界：此时无声胜有声，此处无情胜有情。"无"并不代表没有，佛家讲"色即是空，空即是色"，正是这个道理。晴空万里给人的那种身心俱畅的舒适感觉，我简直找不出更合适的词语来形容，那是一种由内向外、从头到脚的"熨帖"。从童年到少年，从青年到中年，我已记不清生命中到底经历了多少个万里无云的日子，可那些年净顾着埋头工作、赚钱养家，竟无心欣赏那无边的美景，错过了很多次与大自然交融的机会，这也许正应了那句话：熟悉的地方没有风景。那时觉得晴空万里虽好，却很平常，很随意，就像昼夜交替、花开花谢、月圆月缺一样平凡而简单，没有什么值得特别去加以关注的。直到近几年，才发现一年中万里无云的日子其实并不多，应该懂得珍惜。所以，每逢万里无云晴光满目，我总要到户外去活动活动，沐浴一下日光，用心享受大自然的温馨与美丽。

前些年，由于工业污染，气候遭到一定程度的破坏。空气中雾霾增多，动不动就遮天蔽日，真正晴朗的天气变得十分难得，晴空万里几乎成了奢望。那些年，父母轮流着生病，我在医院长期陪护，心情也像笼罩着雾霾一样压抑到了极点。恶劣的气候往往伴随极端天气的出现，记得有一年冬天曾经有一段低温天气，鲁北平原温度达到了罕见的零下18℃，院子里一棵种了20多年的石榴树被冻死了。那段日子，望着四周莽莽苍苍的雾霾，看着黯然失色的太阳，心里曾掠过一丝恐慌：再这样下去，可怎么得了啊？

凡是经历过那种日子的人，相信都会产生条件反射式的恐慌。尽管人类从20世纪开始就开启了太空探索的时代，但到目前为止地球仍然是人类赖以生存的唯一家园，保护好地球环境，就等于保护了人类自己。工业污染、环境破坏导致世界各地异常天气记录明显增多，终于引起了各国人民的警觉，于是全世界生态环境治理逐渐达成共识，各国纷纷加大了治理力度。中国政府更是行动起来，2020年向全世界做出了二氧化碳排放于2030年前达到峰值，2060年前实现碳中和的承诺。经过一段时期的有效治理，近年来雾霾锁空的现象明显减少，大自然的心电图云也恢复了常态，晴空万里的天空又重新回归人们的视野，温暖和煦的阳光也使笼罩在我心头的雾霾一扫而空。

这不，趁着冬日里一个响晴天，我又来到院子里享受日光浴。自从老石榴树死后，那里又补种上了一棵小石榴树，还有今年山东郯城朋友送的一棵苹果树，它们都好好地生长着。这种苹果树非常难得，结的苹果是红心的，全部出口外国，价格据说一百元一斤。起初担心养不活，朋友却说，现在气候条件好了，只要有适宜的光照和温度，水肥充足，一定能养得活！我自知没有栽植果树的本事，将信将疑地运回来，把它栽到院子里，祈盼借着好天气带来的好运气，它们都能好好活着。

待到明年春暖花开，我一定选个晴空万里的好日子，接父母来庭院赏景，邀好友来饮酒赋诗作画，共度阳光灿烂的美好时光，共达胸无纤尘的人生至高境界。

2022年1月15日

小城雪后

2022年1月31日，农历除夕，大清早到阳台一看，呀，路上、房顶上竟然落着雪！沾化小城已经好久没下雪了，这场雪来得悄无声息，似乎有点儿不期而遇。雪后的丝丝清凉沁人心脾，顿觉十分欣喜。正好有事要出门，于是匆匆吃点儿早饭，飞奔下楼。

路面结着一层冰，非常滑。今天去单位办事，因距离较远，原打算开车去的，但怎能辜负这场难得的雪呢？所以我决定步行。

我家住城区徒骇河东岸，单位在西岸，两地相距大约3000米的路程，平常开车5分钟就到，步行却需1个小时左右。我沿着人行道朝西走，背后虽然升起太阳，天气却寒冷异常，我不由得裹紧衣服。

雪后小城银装素裹，煞是好看：天湛蓝湛蓝的，一望无垠。明媚的阳光洒下来，落到高楼上、大树上、路灯杆上、车顶上、低矮的灌木上，最后落到皑皑雪地上，给这些地方挂着的、铺着的、衬着的雪镀上了一层灿烂的金黄，仿佛临近春节，天公特意为小城披上一件节日的盛装。

人行道上的雪没人踩过，平展展地铺着，一直连到远方，踏上去有节奏地咯吱咯吱响，那声音一下把我拉回到童年。童年的冬天可真冷啊，寒风凛冽，冰冻三尺，大地的肌肤裂开一道道长长的口子，树木连同屋顶的草在冰冷的空气里瑟缩着。刺骨的寒气从窗棂、从门缝中蹿进来，水缸的水结了冰，养在粗瓷碗里的白菜花颜色凄凄惨惨的。那时物质贫乏，屋里没有暖气，身上衣衫单薄，腹内啼饥号寒，天擦黑后没几家点灯的，大人孩子一般都钻进被窝，互相依靠着取暖。天太冷，路上的雪经久不化，往往新雪盖住旧雪，旧雪又结成了冰，踩上去一步三滑，经常有摔倒的。晚上睡不着，最爱听雪地里传来的各种声音，你听，邻居家的狗叫了，栅栏门跟着响了，一定是他孩子放学回来了；还有，一群人有说有笑地走着，声音由远而近又渐渐远去，那是给人家办喜事晚归的客人，摇摇晃晃的脚步声里传递着酒味儿。如果没有人声，就只能听寒风掠过树梢发出的呜呜声，积雪压断枯树枝发出的咔嚓声，这时更显出农村雪夜的寂静……童年已经一去不复返了，如今只留下那些会合成岁月的交响曲的声音，镌刻在记忆深处。

而今天，除了风声、踏雪声，还格外多了汽车碾压积雪、鸣笛的声音，人与人呼唤的声音，清洁工铲雪扫地的声音，除雪车撒盐的声音。仔细听，还夹杂着鸟雀欢鸣、徒骇河冰开、房顶或树枝上积雪融化的声音……无数声音回响在耳畔，比童年记忆里寂寞的声音不知丰富了多少倍，而唯一不变的，是人类和大自然合奏的交响乐融进时光的洪流里，所折射出的那种无休止的时代变迁。小时候一直盼望过上好日子，时不时冒出一些连自己都感到惊讶的话，有时竟会引来嗤笑。记得有一次一位远房亲戚来拜年，我正和母亲郑重地谈论长大后的心愿，"娘，到时我开着小汽车给您送年。"那位亲戚恰巧听见，轻蔑地瞟我一眼，大声说道："哼！你还坐飞机呢，想得美！"可惜，那位亲戚10多年前就已去世，假如活到今天，当他看到满大街拥挤穿梭的私家车，看到今天日新月异的变化，不知该作何感想？

大年三十，往日热闹的小城变得安静了许多。路边商店大都关门歇业，店员们照例放假休息了，只有门上贴着的火红对联和福字，在白雪映衬下，像怒放的花。那些辛劳了一年的人们也许正在温暖的房间里，吃饭喝茶，尽情享受着悠闲的假日时光，再不会感到饥寒交迫。

落在小城的雪，似洁白的轻纱，那样风情万种，宛如十六七岁情窦初开的少女，用颤抖而羞涩的心触摸着整个世界。落雪的小城，仿佛笼着轻纱的梦，在梦中它也许看到了自己的前世今生，唤起了对未来的无限憧憬。

我想，遥远的古代，天地间并不曾有这座小城，更没有小城雪后的梦。然后，一群人从大山上、从丛林中走来，用他们打磨过的石器狩猎、捕捞，度过一段茹毛饮血的石器文明时代。后来，一群人又沿着滔滔河水走来，他们开荒种地、聚族而居、男耕女织，开启了农耕文明时代。再后来，又一群人越走越远，来到小城，之后就有了这里的一切，有了今天小城雪后的梦。今后，新的一群人也许从千万个这样的小城出发，将深邃的目光投向茫茫宇宙，他们寻觅的触角或许延伸到目前仍属未知的深广领域，他们或许要开创一个星际文明时代……梦在远方，路在脚下，走过千山万水、尝遍千辛万苦的人类，始终靠梦想开辟道路，用脚步丈量未来。生活在不同时代、不同地域的人们，并不妨碍做同样的梦，同样成为追梦的人，只要拥有了那个属于未来文明的梦，大家就可以一直向前走，并最终让梦想变为现实。

这样想着，已走完从家到单位的路。我看看天，看看地，反复揣摩"瑞雪兆丰年"这句话的含义，觉得这场不期而遇的雪洗涤了我的心，让梦想变得清晰，照亮了前进的路。

我分明看到，雪后的小城，一个万紫千红的春天即将开始，一艘承载着无数人梦想的巨轮也正扬帆起航，驶向无尽的时光海洋……

2022年2月10日

梦之节

元宵节是梦之节。

掰着手指数数，哪个传统节日能够让人魂牵梦绕？小时候盼过年，老了怕过年，年不够格吧？寒食节、清明节、端午节，祭祖怀先，寄托哀思，太悲伤了吧？此外，上巳节、七夕节、中秋节、重阳节、腊八节也都达不到梦想级别。唯独元宵节，有灯有月，有声有色，有情有趣，有玩有乐，五花八门，包罗万象，男女同喜，老少皆宜，妥妥的梦之节。

梦之节是圆的。正月十五，天上的月亮圆了吧？锅里的元宵圆了吧？春节刚过，藏在心里的亲情应该还是圆的吧？都说中秋节是团圆节，但那是望团圆、盼团圆，所谓的团圆在眼里，而真正的团圆是春节和元宵节，这时候的团圆在心里。

梦之节是亮的。春节后第一个月圆之夜，天上是亮的；万家灯火点起来，地上也是亮的；幸福洋溢在脸上，人们的心里也是亮的。所谓"火树银花不夜天""花市灯如昼"，还有哪个节日的夜晚这样辉煌灿烂？这样光彩熠熠？

梦之节是暖的。立春了，尽管还有40余天比较冷的日子，但毕竟一天暖似一天。节日里，男男女女、老老少少都来到大街上，人山人海，观灯娱乐，谈情说爱，眼里、身上、心坎能不热吗？那种热度，足以驱走夜的寒，消融雪的冷，托起整个春天的生命。

梦之节是新的。过完节就要开学，学子们穿新衣、戴新帽、挎上新书包，走进学堂接受新知识的灌溉。田野里，麦苗就要返青，草木就要绽绿，河冰就要融化，春天正在啄壳、破土、落生，一步步蹒跚着走来。所有希望都是新的，仿佛刚从梦中唤醒。

梦之节是雅的。唐人遇见它，"灯花何太喜，酒绿正相亲"，开启了诗的盛宴；宋人遇见它，"蓦然回首，那人却在灯火阑珊处"，成就了词的惊艳；曹雪芹遇见它，"士隐命家人霍启抱了英莲去看社火花灯"，拉开了古典名著的序幕。猜灯谜、兴诗会、观歌舞，《梦粱录》中记载"玉漏频催，金鸡屡唱，兴犹未已"，雅得如痴如醉，不亦乐乎。

梦之节，赏月、观灯、夜游、美食，浓浓的欢乐化不开；赋诗、谈情、猜谜、雅会，款款的深情道不尽。

2022年2月14日

走回旷野

走啊走，埋头走了几十年的路，鬼使神差般的，又走回了旷野。

记不清小时候是怎么离开旷野的，只记得祖父、祖母依依不舍的眼神，和那颗踌躇满志迫不及待想要离开旷野的心。远方，未知的远方，太有吸引力了，希望的种子一直在发酵的空气里飘，把梦想种在了脚下的旷野达不到的地方。

可是，现在又鬼使神差般回来了，我还能认清脚下的路吗？

我是沿着早春的消息回来的。天太冷了，过年后刮了几场东北风，刮了几场西北风，下了几场雪，节气虽然到了雨水，可河没解冻，柳没发芽，麦苗还没返青，一切都还暂停着，等待着。春天尚未唤醒，大地还沉浸在梦中。当我走回旷野，却发现风已不再寒冷，像调皮鬼一样在身边打着旋儿，空气开始温润起来。远远望去，树梢似乎涌上了一层毛茸茸的绿，树枝也像饱含了汁液，不再那么干瘪枯脆。远远望着树色，心想明天也许就要绿了吧？但走近看时，却还和昨天一个样子。于是，只能按住自己那颗躁动的心，安静地等，仿佛不忍打扰春的梦。可是，除了等，还能做什么？我不能让时间快一分钟，也不能让时间慢一分钟，我也无力唤醒春的梦，我甚至奈何不了自己的影子，即便我站着它也站着，我蹲下它也蹲下，可我休想摆脱它。

走回旷野前，我曾经上过大学，在大城市工作生活过，可除去染上一身城市病，我又得到了什么？我恍惚记得，我所有的假话都是在城市里学会的，我所有的错误都是在城市里犯下的，城市把我变得虚伪、狡猾，像童话故事里戴着面具的狼外婆。走回旷野，与其说满足遗憾，还不如说我厌倦了城市生活，想填补一下情绪的失落，想找回那个本真的自我。

走回旷野，我已看到春天蓄势待发，一如我少年时离开的样子，就是盼那个彩色的肥皂泡似的梦，那场自认为酣畅淋漓激情四溢的梦，盼它早点到来。可一旦到来，在光怪陆离的外表下并没有藏着什么实际的东西。再好看的肥皂泡膨胀后终归也要破的。梦里的蜂要闹，鸟要吵，蚊要咬，繁花落尽，树叶落尽，薄薄的日历眼看就要翻尽，在梦里我悄悄变老，每当下雪的时候心注定要痛一回，过年的时候泪要流一遭。走回旷野，也许就为释放一下心中那个再也扛不住的沉重；走回旷野，也许就为拣个没人的地儿，对着遥远的永恒凭吊，对着太阳下自己的影子号啕……

　　走回旷野，也许想拼命留住当下，可任你拿起手中的笔描绘，拿起手机拍照，或者把一切影像贪婪地塞进你的眼睛，刻在你的记忆里，但一切都是徒然的，时光的脚步仍然飞快，好好的太阳眼看着就要落下，暮色就要升起，眼前的一切将埋葬在黑暗里，再也看不清楚，它们可不管你是不是伤心，是不是痛苦，是不是失落……

　　走回旷野，我知道，已经找不到回去的路，因为那是一条如烟似雾的路，是一条电光石火的路，一旦走过闪过，就永远消逝在时光里，像消散的魂魄一样永远无法再凝聚。我曾经想要回到那个生我养我的村庄，可那里已经没有我的居所，没有一寸属于我的土地。山占据了土地，就会有山的伟岸；海占据了土地，就会有海的辽阔；树木抓住了土地，就会有树木的挺拔。可人没有根，就像飞鸟一样，从诞生那天起，就注定漂泊无依，即便有房子，也不能占据土地，就如鸟巢一样，只是临时的居所罢了。

　　走回旷野，本想在失落中解脱，可没想到更加失落。旷野亘古存在，荒凉而寂寞。它不会在乎任何东西，包括走进它怀抱的人类。它不在乎你的喜悦，也不在乎你的悲伤，更不在乎你的失落。假如你躲在旷野哭泣，它一定会嘲笑，一切都是你想多了，别自作多情啦，它根本不关心这些！

　　走回旷野，没有了祖父祖母的爱抚，没有了城市的喧嚣，没有了任何牵挂，也不再有什么悲喜，有的只是失望和失望过后的踏实。

　　我想，走回旷野，就当出发前照照镜子吧，我得把乱了的头发理一理，把眼角的泪擦一擦，把身上的土掸一掸，然后衣装整齐的上路。我得让爱我的人放心，让蔑视我的人起敬，最起码我得对得起这面镜子，是它透透彻彻地照亮我一回，让我觉得过去虽然无法挽回，但是自己还算真实的活了一次，接下来还有更艰难的路，可我不怕孤独，因为有影子一直追随……

2022年2月24日

大豆里的家国情

过去从未想过要写大豆，因为大豆属于普通百姓日常生活中司空见惯的东西，有什么好说的呢？常言道"开门七件事，柴米油盐酱醋茶"，大豆酱油，谁家离得了呢？大豆及其制品作为老百姓餐桌上必备的食材，天天摆在眼前，跟人们熟悉得如同左手摸右手、老公见老婆，似乎根本不用写。直到最近，我听了王洛宾的那首《大豆谣》，才觉得大豆还真有写一写的必要。

王洛宾的《大豆谣》创作于20世纪40年代，源自一个感人至深的故事：1940年6月，中共甘肃工委副书记罗云鹏因叛徒出卖，被国民党当局关进兰州沙沟监狱。一同被捕的，还有他的妻子樊桂英和出生仅8个月的女儿罗力立。罗力立先后在监狱中度过了长达6年多的童年，人称"西北小萝卜头"。当时音乐家王洛宾也被关在这座监狱，罗力立常常钻过牢门找他。没吃饱过肚子的罗力立，从来不知道糖果、糕点、巧克力是什么。有一天，她捡到一粒大豆，吃了便觉得大豆就是世界上最好吃的东西。她抑制不住兴奋，在一次放风时，专门找到王洛宾问：

"你说，世界上什么东西最好吃？"王洛宾一连说出馒头、糖果、巧克力之类的食物，罗力立都神气十足地说："不对！"直到最后，她才从口袋里掏出几粒大豆，十分认真地说："你看，这才是世界上最好吃的东西！"听着稚嫩的童音，看着瘦小的身体，王洛宾一阵心酸，回到囚室里用牙膏皮卷成笔，在一个小小的纸烟盒上，为他的小狱友谱写了一曲《大豆谣》：

"蚕豆秆，低又低，结出的大豆铁身体。莉莉对囚徒夸大豆，世界上吃的数第一，世界上吃的数第一。小莉莉，笑眯眯，妈妈转身泪如雨。街头上叫卖糖板栗，牢房里大豆也稀奇，牢房里大豆也稀奇。小莉莉，有志气，妈妈的哭声莫忘记。长大冲出铁大门，全世界大豆属于你，全世界大豆属于你！"

歌曲背后的故事虽然悲伤，但被王洛宾写得气势豪迈、慷慨激昂。哪怕吃着大豆，我们也会充满信心，充满力量，我们也能冲破一切艰难险阻，勇敢地走向世界，拥抱未来！

正是这首在炼狱中创作出来的催人泪下的歌曲，让我看到大豆那种融入中华民族血液中宽厚慈爱而又不屈不挠的品格，以及那种从幽暗历史中透出来的铁骨柔情和披荆斩棘中迸发出来的英雄气概。

我不知道大豆古代为什么会被称为"菽"，大约跟它收获的方式有关吧？只知道大豆原产中国，是中国本土培育的重要农作物之一，和稻麦黍稷一同被称为"五谷"。《诗经·小雅·小宛》中记载："中原有菽，庶民采之。"可见早在商周时期，我国黄河流域就已广泛种植大豆了。《诗经·豳风·七月》中又说："七月亨（烹）葵及菽。"可见先民们已经认知了大豆的食用方法——生大豆中含有抗胰蛋白酶因子，必须弄熟了才能吃。

秦汉时期，大豆从"菽"改称"豆"，这个名字的来历大概同盛放它的容器有关。大豆必须在容器中储存，否则便会到处滚动。古代有"撒豆成兵"的传说：攻城的时候，守城的一方把大豆撒在地上，进攻的人一踩就滑倒，会大大延缓凌厉的攻势，估计现代武器"地雷"就是依据这个原理发明创造的。许多看似很高妙的东西，其原理实际都出自日常生活中。大豆能从食物变成冷兵器时代的武器，也从一个侧面折射着古人的超妙智慧。

三国时期曹植曾写过著名的《七步诗》："煮豆持作羹，漉菽以为汁。萁在釜下燃，豆在釜中泣。本是同根生，相煎何太急？"这首诗一直被当作讽刺兄弟失和骨肉相残的怨诗来读，其实，从这首诗歌里我们也能约略看到大豆的广泛用途。大豆可以煮熟了吃，也可以磨成豆汁喝，还可以制成豆腐、豆酱、豆芽、豆苗吃，大豆的秸秆可以当柴火，也可以当饲料……大豆浑身都是宝。据《夜航船》说，豆腐是西汉的淮南王发明的；在三国时期，就已经发明了用压榨法获取大豆油；北魏贾思勰的《齐民要术》里，已经详细记载了豆瓣酱的制作方法。可见对大豆各类用途的开发利用，早在唐宋以前就已经相当完备。

公元754年，双目失明的鉴真和尚第六次东渡成功，将豆腐、酱油等的制作方法带到了日本，深受当地人的欢迎，从此大豆开启了漫长的国外种植旅程。从17世纪至19世纪，大豆先后从东南亚地区传至欧洲、北美洲和南美洲，被许多国家栽培，逐渐成为世界性的重要粮食、油料作物。

中华人民共和国成立初期，中国人口约5亿，粮食产量富裕完全能够自给且有结余，我们还能够用粮食援助朝鲜、越南等国家。但是到改革开放初期，中国人口快速增长，达到10亿，比新中国成立初翻了一番，我们国家的粮食供给已经捉襟见肘。记得20世纪90年代初，我被分配到家乡的植物油厂工作，那时厂子采用苏联发明的浸出法生产大豆油，每天的加工量为50吨大豆，后来又重复建设了一个同等规模的植物油厂，每天加工大豆达到100吨。其实像这种规模的油脂加工厂，全国几乎每个县区都有。记得厂子建成后，当地大豆很快不够用了，就从东北购买大豆；东北大豆很快也不够用了，就从美国、巴西、阿根廷等国家进口大豆。后来，明知美国的大豆变成了转基因大豆，还是源源不断地进口，一直持续到新世纪初工厂因缺乏规模效益和科技效益而被迫关闭为止。

我是农家孩子，从小就跟随大人务农。小时候，我们称麦子、玉米为粮食，棉花、大豆则被称为经济作物，因为吃饭靠麦了和玉米，换钱改善生活则靠棉花和大豆。每年夏至，正是天气最炎热、雨水最多的时节，豆种撒在地里，4天后钻出了豆芽，颜色绿绿的、嫩嫩的。豆芽长到三四个叶子时，要根据长势间苗，还要松土、除草、施肥，此后偶尔喷施农药，几乎不用怎么费心管理，与种棉花完全不同。豆棵长起来后，心形的叶子一片翠绿。透过叶子就见里面开满白色紫色相间的豆花，轻风拂来，遍野飘香。那时，最惬意的是躲在豆棵下面捉蚂蚱和蝈蝈。循着叫声或窸窸窣窣的响声，看见虫儿就在前面了，你人要躲在虫儿后面，手要伸到虫儿前面，才最好捕捉，它听见后面有响动，往前一跳，正好落入"魔掌"。逮来后，用草系了后腿拴在豆棵上就跑到远处玩了。等下次再来看时，只留下一条大腿，虫儿却没有了踪迹。到了中秋前后收获的季节，要用镰刀收割豆子，乡亲们叫"po豆子"，我至今不知道"po"字应该怎么写，所以很疑心"菽"字在古代就念"po"音，当然这还有待专家来考证确认。成熟的豆棵齐腰高，叶子枯黄快要落尽，只剩光秃秃的秆子和紧贴秆子的豆荚，豆荚鼓鼓的，一碰豆秆里面就发出唰啦啦的响声。豆荚硬而有刺，不小心会扎得手疼，每次收割大豆，人们都戴着手套。收完后，在场院里晒干，套上牲口拉着石碾子把豆子轧出来。依稀记得，那时大豆产量不高，大约每亩地300斤。可是用家乡的大豆磨出来的豆腐柔韧滑嫩，煲汤不碎，假如依次放点里脊肉和菠菜，熟后再加少许盐和葱花，那种鲜香可口的味道、熨帖五脏六腑的舒畅，甭提多美了！大豆的秸秆也是喂养牲口的好饲料，把豆秸、高粱叶、玉米叶混合在一起铡得细细的倒进食槽里，牲口们会吃得很香，骡马们一个劲儿喷着响鼻，牛羊的倒嚼声则穿过了一个个漫长而寂寞的农村冬夜。

也许和大豆有不解之缘，我后来考取油脂制取专业，毕业后被分配到油厂工作。此后10年间，一直同大豆打交道。我认为在所有粮食作物中，麦子要算大家闺秀，玉米是小家碧玉，而大豆则属于粗手笨脚的村姑，最好侍弄。麦子、玉米大规模储存时，隔段时间就要熏仓，否则就会生虫子、霉烂变质；而豆子只要控制好水分，大规模储存半年以上没有问题。不过，北方的老鼠难得爱大米，大豆才是老鼠过冬时的最爱。如果你不信，可以去田野里挖挖鼠洞，挖10个保准有9个里面储存着大豆。由于长期跟大豆打交道，我看一眼大豆就知道它从哪儿来，水分含量有多少。满仓的大豆，我去溜一圈就知道哪里底下坏了，要赶紧挖出来晾晒。那些年我得的奖状都跟检验、储存大豆有关。大豆陪我度过了人生中一段黄金般的岁月。

对大豆的记忆是深刻的。记得有次上午刚把仓里的大豆倒腾到晒粮台上晾晒，中午吃饭时天气骤变，狂风大作，乌云滚滚，一场大雨眼看就要降临。我和工友们急忙撂下饭碗，跑到晒粮台上，麻利地扫堆儿、装麻袋、入仓，100多斤重的麻袋扛起来一溜小跑，一个人能扛30多次，直至把大豆全部安全入仓。完事后，工友们满身的汗和土，都累得直挺挺躺在地上，仓外大雨如瓢泼般落下来……那段艰苦的岁月，虽然没有换来工厂的长存，却深深烙印在脑际，终生难忘。

工厂虽然没了，可对大豆总念念不忘的。每年二月二这天，一定要买点儿炒豆吃。小时候，每到二月二，母亲也总是提前预备下细沙土，放在锅里，炒爆米花和大豆吃，那种沁人心脾的香甜至今仍留在口里，藏在心头，萦绕梦中，永远也抹不去。可离开工厂后，再吃炒大豆，不仅仅是为了慰藉心灵，更有对国家粮食安全的深深担忧。新世纪以来，中国人口众多，基本口粮虽然能够保障，但油料、饲料常年依赖进口，外国转基因大豆占领了国内市场的大部分份额，国产大豆受到前所未有的威胁与挑战。每当看到报纸上充斥着转基因大豆大批量进口的消息时，我的心底就会升起一股深深的忧虑和一丝莫名的恐惧。

"民以食为天，食以安为先"，粮食安全关系到国家的长治久安。守护18亿亩耕地红线、粮食生产补贴、"转基因食品"明确标注、优质种源保护、高科技农业发展等一系列措施一个接一个落实，我们国家的粮食安全、食品安全得到可靠保障。去年，在黄河三角洲农业高新技术产业示范区里，看到有一片盐碱地作为现代农业试验示范基地，里面种植着大豆、苜蓿、藜麦等农作物，据介绍，那里正在进行着加强种质资源、耕地保护和利用工作等一系列基础性研究并取得了一定成果。我觉得，转变育种观念，由治理盐碱地适应作物向选育耐盐碱植物适应盐碱地转变，标志着我国农业生产正在发生着从向土地要效益到向科技要效益的重大思想飞跃。

2022年初，《中共中央　国务院关于做好2022年全面推进乡村振兴重点工作的意见》中又传来振奋人心的消息：大力实施大豆和油料产能提升工程。加大耕地轮作补贴和产油大县奖励力度，集中支持适宜区域、重点品种、经营服务主体，在黄淮海、西北、西南地区推广玉米大豆带状复合种植，在东北地区开展粮豆轮作，在黑龙江省部分地下水超采区、寒地井灌稻区推进水改旱、稻改豆试点，在长江流域开发冬闲田扩种油菜。开展盐碱地种植大豆示范。

这是第一个把大豆作为重点农作物列入"三农"发展目标的"中央一号文件"，虽然仅有短短150余字，但字里行间透露出的信息量却非常巨大，大豆保护政策像一缕春风吹暖心田，我不禁从心底为大豆呐喊欢呼起来：大豆的春天到来了！

是啊，大豆，这个滋养了中华民族五千年的农作物，它见证了华夏农耕文明从萌芽到兴盛再到衰落的整个过程，也见证了西方近代资本主义工商业文明与东方封建社会农耕文明之间的激烈冲突与高度融合发展。如今，在新时代文明的曙光来临之际，在科技进步和平发展成为世界主流的当下，大豆又将重新焕发生机，继续用它淳厚朴实的品格滋养中华民族，让亿万华夏儿女在这片充满希望的大地上生生不息、迈向未来……

2022年3月5日

海岸带湿地

　　到沾化，畅游海岸带湿地，品味一番"北国江南"才算得上真正的享受。驾车从沾化城区出发，沿徒骇河东岸的海天大道向东北方向行驶50公里，你就进入了渤海海岸湿地地带，这里早在1991年就被划为海岸带湿地自然保护区，总面积约9万平方米。

　　沾化海岸带湿地自然保护区一年四季都可游赏，四季分明的景色给人带来无穷的乐趣。

　　春天一到，万物复苏，等待了一冬的芦芽迫不及待地从土里钻出来，鲜嫩无比。芦芽长得飞快，几天不见，便会蹿得老高，那坚挺向上的姿态就像春天发出的号角，刹那间，各种知名的、不知名的野草和野菜也随之纷纷冒出芽尖，向着太阳努力生长。春深时节，芦苇摇荡，野花遍地，空气里散发着诱人的清香。站在平旷无垠的湿地上，视野那么开阔，一块块或大或小的水田碧波荡漾，银光闪烁，远处的渤海呈现碧蓝的颜色。海风习习，吹来一股淡淡的鱼腥味，跟滩涂上浓郁的花香混合在一起，形成一种令人难以言说的极新鲜的气息，一种海岸带湿地特有的温暖气息，呼吸久了，竟会有一种醉氧的感觉。

夏天，芦苇一丛一簇地长起来了，野草蓬蒿遍地都是。置身湿地，犹如到了一望无际的大草原，一块块水田分割着一块块绿地，一团团绿色包围着一点点白色的水面，远处蔚蓝色的大海蕴蓄着清凉，一切是那么悠闲而安详，透着热烈而温馨的气息。夜晚，当你抹了驱蚊液站在湿地上，仰望一天星河，四周没有任何遮挡，你能清清楚楚地看到天空中显露的任何星座。一颗流星划过夜空，摇曳得如同远处的渔火。在流星消逝的那一刻，你的心一定会包裹在一种古老而神秘的气氛中，不得不由衷地产生出对大自然的敬畏之情。

秋天来了，遍野的黄须菜、碱蓬从墨绿色逐渐变成红色、紫红色，为辽阔的湿地铺就一席壮丽的红毯，直达天际。滩涂上的水田被红毯包裹着，极目远望，像镶嵌在红毯里的粒粒珍珠。走近细看，水田闪烁着少女般晶莹明媚的眼波，在秋阳下显得格外单纯而宁静。海风吹来，洁白的芦花纷纷扬扬地飘洒，像天女散花一样。衬着朝晖朗月，沾满清露的枯黄的苇叶发出沙沙的摩擦声，随着风势响起时而激昂时而低沉的奏鸣，仿佛让人听到了那首从诗经里流出来的歌谣。

大雪过后，滩涂上大大小小的水田都结了厚厚的冰，这里一下变成银装玉砌的世界。海滨的雪野永远那么辽阔，像一位粗犷的鲁北汉子袒露的胸膛。海风在毫无遮挡的天宇下纵横驰骋，无拘无束，这时你置身旷野，一定会遥想到唐代诗人岑参笔下的瀚海沙漠，你的眼前似乎正在闪过一匹脱缰的烈马。

一年又一年，海岸带湿地仿佛信守着亘古不变的诺言，始终保持着一种天生丽质，时时带给人们希望和欢乐，让世世代代生于斯长于斯的人们找到一份心灵的寄托。

海岸带湿地不仅能安抚人的心灵，也是鸟的天堂。最多的是野鸭，只要水面不结冰，你总能看到它们在水中悠闲游动的身影，好像水面绽开了朵朵黑色睡莲；这里还有一群群出没在草丛里的色彩斑斓的野鸡，它们经常咕咕地呼朋唤侣，若无其事大摇大摆地从你面前晃过去；有时候，还会欣赏到舞姿优雅、歌声嘹亮的丹顶鹤，似一群穿着白色短裙的少女表演着水上芭蕾……据统计，常年在这里栖息的鸟类数量超过100万只，每年仅来此栖息、觅食的各类候鸟就超过30万只，珍贵的东方白鹳等国家濒危保护动物，也在这里栖息繁育，成为海岸带湿地标志性的风景。

海岸带湿地有丰富的野生植被，除了芦苇、黄须菜、碱蓬外，还有天然的柽柳林，郁郁葱葱，形成一座座绿色的小岛。柽柳，又称红荆条，枝条结实而柔韧，过去用来编筐篮，非常廉价耐用。这种灌木耐盐碱性特别突出，经常被栽植在公路两旁，一到初夏，枝梢就会开出粉红色的花，远望也像绯红的轻云。碱蓬和黄须菜外形相似，很难辨认，唯一的区别是黄须菜能吃，碱蓬不能吃。过去物质贫乏年代，这里的乡亲们曾经靠吃黄须菜、烧红荆条度日，当被外地人问及家乡有什么特产时，他们往往伸出两根手指头，调侃地说："我们这里到处是黄金（黄须菜又被称为黄茎菜）和金条（荆条）。"虽是戏言，但也深深地说明当地人对它们的喜爱。

海岸带湿地出产闻名遐迩的梭鱼、盐田虾、文蛤、三疣梭子蟹和毛蟹等海产品，这些都是老百姓家庭餐桌上的美味佳肴，备受青睐。浓度较高的卤水里还生长着一种卤虫，西瓜子一样大小，这种卤虫出口日韩，据说是钓鱼的上佳饵料，十分抢手，过去曾经大面积养殖。当然，这些渔业养殖区都在湿地保护区之外，同属于沾化区滨海镇管辖。

滨海镇自古就是中国北方著名的盐场，经营盐业的历史可以上溯到清代。据说盐业辉煌的时候，这里出产的盐顺着徒骇河船运到济南，又从济南向西进入聊城的京杭大运河，再从那里分销北方各省，滨海的盐曾被誉为"味道之源"。目前滨海镇拥有盐田60万亩，原盐龙头企业3家，主要采取风吹、光照的生产方式生产原盐，由于成本低、污染小，既保持了湿地的自然风貌，又创造了可观的经济价值。2020年，滨海镇原盐产量超180万吨，一级品率100%，畅销山东、河北、河南等地；溴素产量超2万吨，占到了国内产量的1/7。2020年10月17日，沾化区滨海镇被中国特产协会命名为"中国渔盐之乡"，创造了盐碱滩上经济发展的奇迹。此外，滨海镇地下还蕴藏着丰厚的石油、天然气等资源，是国家大型油田——胜利油田的重要组成部分，在海岸湿地附近，能够见到一排排提油机昼夜不停地"磕头"运转，为飞速发展的经济社会提供着可靠的能源保障。

海岸带湿地虽地处鲁北，但水网密布，风光秀丽，物产丰饶，百姓安居乐业，各类物种和谐相处，"秋日黄须红胜火，春来渤海碧如蓝"，独特的自然地理禀赋让这里不是江南却胜似江南。

近几年，滨海镇根据自然地理优势，深挖"河海渔盐"文化潜力，打造"鲁北民宿·渤海渔村"文旅项目，制订美丽乡村连片规划，构建全域"一村一景"集中连片示范区，又吸引外资建成了滨海社区休闲中心。在这里，游客们不但能享受到温泉日光浴，还能体验狩猎、射击带来的欢愉。如今的海岸带湿地，游人如织，来自全国各地的大小车辆停满了各个旅游景点。在广袤的海岸带湿地，面带兴奋的游客或拍照留念、或驻足凝望、或欣赏百鸟翩翩起舞、或在万亩虾池旁甩竿垂钓、或三五成群会聚街头品尝海鲜烧烤等特色小吃，在如诗如画的海岸带湿地形成了一道亮丽的风景线，令这块古老又青春的神奇土地焕发出了时尚魅力。

2022年3月24日

初夏

五一期间不能远行，我便邀了几个朋友到徒骇河边写生。这天早上很冷，天空阴沉沉的，仿佛要来一场雷雨。我们到了目的地，拿起画夹找好位置准备写生时，天却突然放晴了。

"这天怎么说变就变！"一位同伴边脱外套，边努着嘴埋怨。其他人也都忙乱地脱下衣服塞进车里，然后再到河边各自找好位置，对着眼前的景物画起来。

我来到河滩边的一块麦田前，准备画一张景物速写。已经好久没有跟大自然这么亲近了，我忽然眼前一亮，呀，田里碧青的麦稍上居然冒出了鲜绿的麦芒，那一簇簇纤细的麦芒直立着，挺拔得如同刺向天空的钢针。我心里默算着季节，再过两天就要立夏了，家乡有句农谚"立夏麦龇牙"，是说一到立夏，麦子就要吐穗。大概因为前几天高温的缘故吧，河滩边的麦子个个都抽出了穗子，提前步入夏季，仿佛赶时间去赴一场约会似的。

　　我们家乡的小麦是冬小麦，一般是上一年秋分播种，跨越整个冬季，到下一年芒种左右成熟。小时候，奶奶每年总盼着尝尝新麦子，说新麦子特别香。那时农村条件差，直到20世纪90年代初，家家户户才吃上白面馒头，80年代还是玉米、麦子各半。年轻那会儿我对奶奶的话不在乎，认为反正已经顿顿吃细粮了，新不新的有什么关系？可这几年才咂摸出味道来，那是一种老百姓对生活最朴实的渴盼啊！老百姓图个啥？不就图个平平安安过好日子嘛！奶奶那代人的心目中，年年能吃上新麦子，就是最好的光景、最好的时代。

　　奶奶去世整整20年了，我们这代人过上了她那代人做梦都想不到的好日子。现代人对衣食住行已经不再那么注重，即使农民也和城里人一样下馆子、住洋楼、开私家车。但现代人也有现代人的追求，卫生、医疗、环保、旅游、文化、教育等成了时下最关心的事情。我们的国家也正在千方百计努力解决这些老百姓"急难愁盼"的问题。

　　想着这些，心情不由轻松起来，我拿起笔快速地画着。远处的徒骇河碧波荡漾，蔚蓝的天空、明媚的阳光以及岸边一丛丛绿树、一片片芦苇、一排排红瓦白墙倒映水中，把河水打扮得五彩缤纷，河风吹来，散发着一种沁人心脾的清香。几只灰色的鸟儿贴着水面飞翔，发出串串欢快婉转的鸣叫，大概它们也感到了生活的惬意，集体来一番逍遥游吧！

　　眼前的美景，无不诠释着初夏的可爱。在这个热情奔放的季节里，有好多事情在发生着：田间的麦子正在灌浆，准备送给人间一个丰收；树上的果实正在膨胀，等候那诱人的采摘；水里的小蝌蚪一天天长大，等待跃上岸头的一刻；池塘里的小荷露出尖尖角，期盼蜻蜓降落……初夏，像一位初出茅庐的半大孩子，正满腔热忱地注视着他们将要打拼的天下。

　　想到这里，我不觉停住手。初夏，如此充满希望、洋溢着青春气息的季节，怎么才能把它特有的气质画出来呢？刚才，两个孩子从河对岸小路上骑自行车驶过，十几岁的样子，他们心无旁骛地骑行着，好像对周围的美景熟视无睹。我有点儿责怪他们，景色这么美，怎么不知道停下来欣赏一下呢？我没有把他们纳入我的画中。可突然又觉得画面中似乎缺少什么，对，缺点儿灵魂性的东西，所以初夏的神韵才没有被完全表现出来。我在想，如果把人生比作四季，每个人的人生里都会有一个初夏，"青梅煮酒论英雄"的慷慨激昂年龄应该就是初夏。对于人生的初夏，每个人都有不同的活法。有人孜孜不倦地为未来奋斗，有人四顾茫然不知所措，有人躁动不安地让时间白白流逝。人到中年，当回顾人生的初夏，幸运、懊恼，甚至惭愧会因人而异地萦绕在心头。其实，人生的每一天每一刻都无比珍贵，与其懊悔过去，还不如珍惜、爱护当下。不管处于人生的哪个季节，只要不让时间虚度，那么这一天这一刻就是你这段人生中的初夏。

　　我忽然来了灵感，果断地在画面上添加了那两个骑行的孩子。是啊，一寸光阴一寸金，初夏时节，心中装满理想正向未来飞奔的青年，即便路旁的景色再美，谁又会舍得停下前进的脚步呢？

2022年5月10日

盛夏随想

　　小城郊区有荷塘两方。每当盛夏时节，许多人便会呼朋引伴地去游赏消暑。

　　那是附近村庄的农户专为收获莲藕种植的，一大一小，中间隔着条宽阔的进村道路，两旁植满杨柳，其他三面则农田环绕，农田与池塘之间被络绎不绝的游人踩出一条弯曲而光滑的小路。每次去我们都把车停在中间大路上，然后沿小路绕行，看完一个，接着再看另外一个。

　　荷花为多年生水生植物。立夏后，金钱般大小的荷叶就钻出水面，慢慢长大。芒种前后，团团碧绿的荷叶布满荷塘，遮住水面，这时便有零星的花苞探出。夏至过后，正是荷花最盛的时节，这时也进入暑期，太阳炙烤着大地，天气热得如同蒸笼。我有时躲在岸边杨柳的绿荫下，望着炎炎烈日下依然昂首怒放的荷花，心中总觉钦佩不已。梅花冒着冰雪严寒于隆冬之际绽放，被无数诗人骚客赞叹激赏；荷花看似娇柔无比，但不怕烈日甘冒酷暑盛开，也有着同梅花一样的坚贞不屈的品格，只不过一个特性是抗寒，一个特性是耐暑罢了。更奇特的是荷花最耐高温的并不是花，而是种子。有人曾经做过实验，完整的古莲在90℃水中浸泡两小时，萌发率为50%；在80℃水中浸泡4天，萌发率为60%。由此可知，荷花值得人们称颂的不仅仅是它"出淤泥而不染"的"洁"，还有向暑而生不畏炎夏的"刚"。"洁而刚""廉且直"似乎更能够概括荷花这种植物的风骨。有时碰到阴雨天，看到乌云滚过湖面，疾风掀起霓裳，暴雨倾盆而泻，荷花虽然被吹得东倒西歪却仍然屹立不倒，真正诠释了老子"柔弱胜刚强"的道理，心中便更泛起一分崇敬。

　　荷花之所以为历代文人所看重，不断走进诗词文章，最初因为它天生丽质。《诗经·国风·郑风》中有："山有扶苏，隰有荷花。"可见远在春秋时期，荷花就已成为湿地植物的杰出代表，并且以女性的意象示人。最早给荷花贴标签的大概是《离骚》："制芰荷以为衣兮，集芙蓉以为裳。不吾知其亦已兮，苟余情其信芳。"在屈原笔下，荷花成为著名的"香草"之一。自此后，通过历代对内涵和本质的体认，荷花上升为文人高洁品质的象征。到了北宋，随着程朱理学的勃兴，将荷花推向了无与伦比的道德巅峰："莲，花之君子者也。"在儒家思想里，荷花就如同君子。君子是什么？是中国人立身处世的楷模。有了这么一个制高点，荷花逐渐走上了神坛，不仅被儒家崇奉，道家和佛家也均将它视为圣物：后世可见的佛道图画上，道教中高士着"上清冠"，形状如同荷花；释迦牟尼与诸佛趺坐在莲花台上。法师讲经被称为"口吐莲花"。"拈花一笑"据说拈的也是荷花。荷花儒释道三家通吃，如果有谁决心要研究中国人如何"造神"的话，非常有必要先去深入探究一番荷花。

荷花，美丽的花，圣洁的花，勇敢的花，神秘的花，可爱的花，幸福的花……各种光鲜亮丽的称谓纠缠起来，在我心里几乎形成一种执念，每次去荷塘，总带着一颗朝圣的心。

直到有一天，我和朋友们再次来到荷塘，我的这些先入为主的执念终于被打破了。

那天依旧酷热难耐，空气像被凝固了一般，没有一丝儿风，令人喘不过气来。我们把车停在树荫下，绕着荷塘悠闲地转起来。走着走着，我忽然被脚下一丛不知名的野花吸引住了。那是一丛匍匐在杂草中普通得不能再普通的小花，开得正艳，粉红的花心，洁白的花瓣，虽然小，但同荷花一样的柔嫩。它的花茎不高，锯齿形的叶片紧贴着滚烫的大地，柔弱的根扎进泥土里。望着这一丛野花，我的心突然颤动了一下：这些花和荷花一样啊，都在经受烈日的炙烤、风雨的吹打，它们的生存环境差不多啊！不同处在于，荷花被人类赋予了很多象征意义，比它们出名，犹如明星之于一般默默无闻的大众。这个念头如涟漪般荡漾开去：荷花、这丛不知名的野花，还有荷塘周边所有的植被不都在同样的环境下生存吗？为什么过去我单单看到荷花，而没有注意到它们呢？接下去的思绪像长满了触手，漫无边际地铺展开去。在地球这个蔚蓝色星球上，所有的植物从一出生就接受太阳的眷顾、风雨的洗礼，它们经过春夏秋的蓬勃成长，也经过冬季的蛰伏而进入下一个生长周期，它们适应自然规律生息繁衍，共同构成了大自然的一道绿色屏障，成为地球动物的摇篮。在大自然面前，所有的植物都是平等的，无所谓谁比谁高贵，谁比谁更应该存在、更应该被高看一眼。所谓高贵、不凡、特出等所有的象征意义，都是被人类的思维赋予的、强加在它们身上的。它们的自然属性都类似月亮，因为人类思维的观照而反射着明暗不同的光，我们本应该最先看到月亮，却鬼使神差般地仅仅注意到了那些强弱不等的光。

把荷花从自然物通过"造神思维""造神运动"变成其他物种难以企及的"圣物"，是古人缺乏独立、民主、科学思想的表现，是人类尚处于比较幼稚的文明发展阶段的反映。人类若想从幼稚走向成熟，首先就应该将人类思维强加在"荷花"等物质上面的各种超自然的意义剥离掉，把这类超自然的"圣物"请下圣坛，去掉其光环，还原其本来面目，平等客观地对待它们，对它们一视同仁，这才是真正认识自然、研究自然、改造自然的开始。从根本上剔除"造神思维"和"造神运动"，是人类本身最大的觉醒。不仅对自然界，对人类社会本身也应该采取这种态度，实事求是地还原历史人物、历史事件的本来面目，这样可以为人类社会长远发展廓清认识，扫除障碍。历史的最深厚最伟大的发展动力始终蕴藏于民众中，《国际歌》唱得好："从来就没有什么救世主，也不靠神仙皇帝！要创造人类的幸福，全靠我们自己！我们要夺回劳动果实，让思想冲破牢笼！"

人类具有不同于动物界的意识，人类意识的作用在于思维，思维能够创造概念，形成判断，产生推理，人类征服自然的能力都起源于自身的思维能力。然而人类的思维却极易受过去习惯的支配，有时候这些先入为主的习惯会形成一种非常顽固的思维惯性，比如盲目从众行为，别人说好就是好，说坏就是坏；比如盲目决策行为，未闻其声，未见其行，就预先判断其人，做出符号化、标签化、是非化的决策。这种思维惯性是有害的，他能够让人变得麻木、自大和偏执，进而妨碍人类自身的发展和进步。考上大学的孩子和考不上大学的孩子，明星与普通人，正常人与残疾人，都是平等的，而我们却常常因某种需要把他们划分成三六九等，固执地认为世界上真有"人上人""天才"或"下等人"什么的。存在这种惯性思维的人，总喜欢贴标签、傍名牌、追星，把时间浪费在一些毫无实际意义的事情上。他们看似风风火火，忙忙碌碌，实际上自主意识尚未唤醒，执着一念，自以为是，每天生活在人云亦云的惯性思维里，独立的民主科学的思想却锁在看不见的樊笼里，被长期禁锢着……

这样呆立了很长时间，我终于回过神来。抬头望望，同伴都已经走远了，他们正陶醉在无尽的荷香美景里。

今日之我已非昨日之我！遇见这丛不知名的野花，我似乎明白了许多过去从未想过的道理。其实，这些道理每天都司空见惯，只不过昨日之我缺乏参悟这种道理的能力。一旦想通了，过去很多放不下的事情立马释怀，成败、得失、痛苦、悲伤……变得仿佛烟雾一般轻微，尘埃一般渺小。我由衷地感谢脚下这丛不知名的野花，它就像隐居世外的逸士高人，专门来给我指点迷津，使我产生一种"放下屠刀立地成佛"的"顿悟"般的感觉。倘若没有这次奇遇，没有它们的启示，执念在我心中筑起的堤坝根本不会轻易溃破，昨日之我也许就变不成今日之我。于是我朝那丛野花深深地鞠了一躬，然后没再像平日那样把剩下的路走完，而是快速折返，悄悄地离开了荷塘，身后只留下同伴们诧异的目光。

我知道，以后我将不再回来……

2022年7月16日

第二部分

年光

理发

青青在小城开了家理发店。

青青不但人长得好看，而且手艺精湛，服务更是一流。

客人进门，她热情地打招呼，帮客人脱下外套，挂在墙壁的衣架上；给客人洗头，用香而不腻的洗发液，水兑得不凉也不热；理发时，在客人脖颈处系上雪白的毛巾，外面罩上洁净的围布。整个理发过程，犹如演奏一场行云流水般的交响乐：剪子翩翩舞动，咔嚓咔嚓，发出轻快悦耳的声音；电推子缓缓推进，嗡嗡嗡嗡，像蜜蜂在百花丛中采蜜；剃刀从面上滑过，沙沙沙沙，像贪吃的蚕儿吞食桑叶……理完发，青青总是小心翼翼地用电吹风把客人湿漉漉的头发吹干，然后解开围布取下毛巾，再翻开客人的衣领，换一条干净毛巾小心翼翼地擦掉落在衣缝里的碎发屑。整套流程做得那么干脆利落、轻松自如而又完美无瑕，令客人感到无比舒适和享受。客人临走时，总不忘留下句："青青理发就是好！"

理发店生意越做越火，终于名声在外，整个小城几乎无人不知，就连小城里的"头头脑脑"们理发，也都首选这里。

一个周日上午，阳光明媚，天气极好。理发店门前停下一辆黑色轿车。一个年轻瘦高个儿从前门下车，迅速打开后门，扶下一位矮胖的中年人。这一老一少、一高一矮、一胖一瘦两个人朝店里走去。青青一眼认出，走在前面的矮胖子是本城财政局的张局长，她连忙打开门微笑着迎他们进来。

青青给张局长沏了一杯茉莉花茶。不等局长伸手，瘦高个儿抢着接过去，用手撩着茶气嗅了嗅，然后还给青青，满脸严肃地说："档次太低，局长怎么能喝这个！"说完从兜里掏出个精致的小茶包，满脸堆笑对局长说："上好的碧螺春，早给您备着呢！"局长颇为受用地点点头。青青只好另换杯子沏上碧螺春，顿时缕缕茶香在店内飘溢。

该理发了。不等青青动手，瘦高个儿麻利地帮局长脱下外衣，挂在墙壁的衣架上。青青调试好水温，请局长洗头，瘦高个儿伸手先试试水温，又拿起洗发液闻闻，"不行，换好点儿的！"青青就把价钱最贵的那瓶名牌洗发液打开。开始理发了，瘦高个儿站在一旁细致观察，指指点点，一会儿嫌长一会儿嫌短，弄得青青浑身不自在。眼看要理完了，青青小心翼翼地翻开衣领，准备用新毛巾去擦拭，被瘦高个儿用手挡住："慢！"瘦高个儿一把推开青青，俯下身去，一边用嘴吹，一边絮絮叨叨地说："毛巾不干净，用力太大容易划伤皮肤……"一口气吹了十几下，才停住。青青站在旁边好不尴尬：“局长，您真有福气，摊上这么个好儿子……”话没说完，局长哈哈大笑：“青青姑娘别瞎说，他是我们局新上任的马副局长，从乡镇提拔的优秀青年干部。”青青脸一下红了，连说“对不起，对不起”。瘦高个儿并不介意，只是笑，拿起梳子帮局长梳头，梳好后，从墙上取下外衣帮局长穿上。局长起身对着镜子左看右看，满意得直点头。马副局长在他身后更是赞不绝口，倒不是夸青青，而是夸局长看起来更年轻、更潇洒、更精力充沛、更容光焕发了，边称赞，边掏钱结账。

望着两个人远去的背影，青青苦笑着摇摇头。桌上剩下大半杯碧螺春，青青抬手倒进了垃圾桶。

此后，每隔二十来天，马副局长必亲自陪同张局长到青青理发店理发，而每次都重复着与上次的流程完全相同的动作。

转眼一年过去了。

又是周末，阳光明媚，天气极好。一对中年夫妇步行来到理发店。

青青见是张局长，连忙微笑着迎他们进来。“局长，您好，欢迎光临。”局长摆摆手：“莫叫莫叫，我已不是局长了。”青青愣了一下，不再叫了。局长向太太发话：帮我把衣服挂起来，再试试水温，看洗发液好用不好用。太太满脸写着不高兴：“不是有理发的吗，还用得着我？！”青青赶忙动手，帮局长挂好外衣，伸手试试水温，打开那瓶价钱最贵的名牌洗发液。理着发，青青忍不住问：“咋不见马副局长呀？”

局长不吭声。太太没好气地说："甭提那白眼狼啦，上个月刚被俺老头子扶正，还没出满月就恩将仇报，把老头子挤出了财政局……"局长摆手示意不让太太再往下说，自己却重重地叹了口气。

青青这才发现，个把月不见，局长仿佛一下子变老，头发稀疏了好多。

2006年12月

家教

春日傍晚，乍暖还寒。

街上华灯初放，行人三三两两。小林站在临街的玻璃窗旁，飕飕的寒气正从外面袭来，身上有点冷，她不由裹紧了衣服。

这时，一对夫妇带着一个小男孩儿走进她的食品店。

小男孩儿五六岁，小脸有些苍白，眼睛里噙着泪水，一只手让爸爸擎着，爸爸正用手指按着棉棒在小男孩的手背上。看样子，小男孩儿像是刚从隔壁诊所输液回来。

一进门，小林便认出小男孩儿的爸爸是当地一家食品厂的采购科科长，因为前几年小林曾在那家食品厂打过工；妈妈是隔壁街道那家机械加工厂的职工，经常到店里买菜什么的。

小林礼貌地打招呼。

妈妈领着小男孩儿径直去选购物品，爸爸则取下棉棒扔进垃圾桶里。

"宝宝，只要不哭，你要什么就买什么。"妈妈许愿似的说。

"妈妈，我要虾条。"男孩儿兴奋地说。

"不行，虾条是膨化食品，不能吃。"妈妈轻声说。

"我要辣条。"

"不行，感冒不能吃辣的，大夫刚刚不是说过吗？"

"我要方便面。"

"不行，方便面是垃圾食品，报纸上说的。"

"妈妈，我要可乐。"

妈妈准备从货架上取可乐。

爸爸赶紧阻止："先别买！明天中午客户请我吃饭，我从饭店给儿子拿一整罐回来。反正不用自己掏钱。"

"宝宝，听见了吧，爸爸明天会给你带一大罐可乐回来，这下满意了吧？"

男孩儿兴奋地点点头。

"再选其他的吧，只要儿子满意，多少钱咱都舍得！"爸爸慷慨地说。

"爸爸，我不要吃的东西。后天开学，我要铅笔、橡皮和作业本。"男孩儿学着大人的腔调说。

"乖儿子！真有出息。你这儿有文具吗？在哪儿？"爸爸声音里透着高兴地问。

不等小林回答，妈妈插话了："急什么呀！急什么呀！不就那点儿文具吗？我明天到办公室拿不就成了吗？"

爸爸笑逐颜开："赶明儿我再找家单位把咱儿子的输液费报了。这就叫——"

"有权不使过期作废。"儿子接茬儿大声说道。

一句话逗得夫妇俩咯咯大笑。

"儿子，咱不用选了，明天你什么都会有的——可乐会有的，文具也会有的。"夫妇俩异口同声地说。

小林觉得这是这对夫妇的孩子第一次光顾自己的商店，按照惯例，应该送给孩子一件小礼物，于是拿出一瓶用作赠品的牛奶递给男孩儿。

一家人最终什么也没选就离开了。

隔着玻璃窗，隐约听到妈妈说："现在有牛奶被曝光三聚氰胺超标呢，不知还能不能喝？"

"喝！怕什么，就让儿子喝！白捡的便宜为什么不捡。"

一家人消失在夜色里。

2009年7月

气球

S局秘书小梁，上班快一年了。

去年他还是一名应届大学毕业生。四年青春，一朝放过，才知道学难成业难觅。为联系工作，家在农村的父母焦急万分，新添了许多白发。谁知机缘巧合，小梁参加当地公务员招考，一举考试过关，被S局录用了。佳讯传来，家人大喜过望。上班前一天晚上，父亲在家里弄了两样小菜，爷儿俩喝着家乡的特产酒，唠起了家常。父亲千叮万嘱，让他到单位努力干好本职工作，和领导同事搞好关系，给爹娘争气。

小梁的确争气。上班后，他踏踏实实做人，勤勤恳恳做事，领导和同事们都对他称赞有加。

年轻人就是年轻人，浑身有使不完的劲儿，青春的魅力写在脸上。

那天上午，小梁从外面办完事回到三楼秘书室，推门见屋里没有人，办事员老李和司机小关不知干什么去了。小梁朝自己的座位走去，脸上有一根丝线轻轻滑过，他抬眼一看，呀，好漂亮的气球！电视正在热播动画片《喜羊羊和灰太狼》，那只气球，分明就是"喜羊羊"：它调皮地瞪着眼睛，手和脚微微颤动，一根彩线飘在半空中，头紧贴在天花板上，如果没有天花板，它也许就要腾空而去。

年轻人总是充满了好奇心，他抓住系着气球的彩线，把它拽到跟前细细地赏玩。

"小梁！"正看得出神，忽听楼下有人喊。小梁赶忙打开窗子探出头去，原来是小关。

小关朝他扮个鬼脸，让他把落在办公桌上的那串钥匙扔下来。

小梁忙起身去拿钥匙，脚不小心给椅子腿儿绊了一下。他身体失去平衡，下意识地伸手去扶窗台，牵在手里的气球被甩出了窗外。那只气球一来到窗外，就转个圈，被一阵风带到半空里去了，小梁探身做了个抓的动作，也没有抓到，眼睁睁看它在半空里变成个小黑点儿，然后消失得无影无踪。

"呀！钱局长买的气球！"小关在下面惊呼。

小梁心一沉，马上变得忐忑不安，脑子一片空白。他失去意识似的当空把钥匙丢下去，差点砸在小关的鼻梁上。

小关大概说了声谢谢，他没有听清，只是砰地把窗子带上了。

干吗要玩那只气球！小梁懊恼地想。钱局长的小孙子快两周岁了，白白胖胖，跟局长好像一个模子刻出来似的。局长

50多岁了，每回下班，都要抱着孙子出来溜一圈，路上对着孙子的脸蛋亲了又亲，笑声里仿佛融入了蜜糖。局长买了这只气球，大概是下班带给孙子的吧？可他为什么要把气球放在秘书室呢？在小梁的记忆中，局长很少到秘书室来……

干吗要玩那只气球！小梁不停地埋怨自己。但他又一想，也许是小关没正形儿，又拿别人开玩笑吧。哼，这臭小子，要不是他，气球也不会飞出去的。可，一刻钟前那只气球明明飘在屋子里呀，总不至于无缘无故地自己跑进来吧？

也许是办事员老李的。想到这里，小梁绷紧的神经松弛下来。对啦，老李不是天天抱怨有个外孙女住在他家里吗？老李的老伴没有工作，在家吃闲饭，女儿听说也不争气，跟丈夫离了婚，住在娘家，一时又找不到工作，只好待在家里。老李本来脾气就不好，不爱笑，自打女儿带着孩子搬回家后，更是仿佛跟笑做了永诀，就是在单位，话里话外也全都带着刺。若是他买的气球，倒也没什么，因为自从上班后，自己没少帮老李干业务，好给他腾出时间买米买面，照顾家庭。老李不止一次地夸奖自己，并且许诺要给自己介绍个对象。也许，这气球就是老李买的，肯定的！老李的外孙女也蛮讨人喜欢的，圆圆的脸蛋，大大的眼睛，浅浅的酒窝……

正想着，老李推门进来。

"老李，对不起，你的气球，让我，我……"

老李的一双大眼睛好像要从眼眶里掉出来。"什么？气球！那可是钱局长吩咐小关放在这里的。你弄哪儿去了？"

"真是局长的？难道不是你买的吗？"小梁哀求地望着老李，似乎只要老李承认是他的，就会马上过去给他一个拥抱。

"我买的？老子哪有闲钱！"老李斩钉截铁地否认，朝小梁当头泼了一瓢凉水。

"老李，是我不小心……弄丢了。你先不要让其他人知道这件事，一件这么小的事，有什么好大惊小怪的，对不对？你经常出去买东西，肯定知道在哪儿能买到一模一样的？"

"小梁啊，你不要着急，让我想一下，让我想一下……"老李摸着他的秃脑壳。

"嗯，想起来了，昨天在酒仙居对面的小商店里见过的，那小店旁边是个卖菜的小摊子，我每天都从那儿买菜。"老李话里带了几分得意。

现在离下班还有半个多小时，时间很充裕。小梁飞奔到楼下，借了辆自行车朝酒仙居骑去。

往常到酒仙居喝酒，是一件令人头疼的事情，局里每天来来往往的客人实在太多，仅招待一项工作就把人忙得团团转。酒仙居的蔡老板是钱局长的老同学，所以S局的接待事宜一般都安排在那里。往常小梁总是嫌酒仙居离得太近，一上车就到，今天，才觉得酒仙居其实离得挺远的。到了酒仙居对面，他的额头上已沁出一层亮晶晶的汗珠。

酒仙居对面，果然有一个小商店，店里花花绿绿地摆着些好看的儿童玩具。

"请问，您这儿卖'喜羊羊'气球吗？"小梁低声客气地问道，仿佛出气大了会把一切充气的东西都吹到九霄云外去似的。

"对不起，一小时前就卖光了。不过，这儿还有别的气球，你要不要？"女店员微笑着向他介绍。

"不，就要'喜羊羊'的。您知道哪儿还有卖的吗？"小梁恳求道。

那个女店员微笑着对他摇了摇头。

小梁漫无目的地穿过好几条街道，问了好几家儿童玩具店，结果全没"喜羊羊"气球。小梁想，反正是气球，何必非要"喜羊羊"呢？随便买一只吧。但这念头只一闪，就像川剧表演大师耍的变脸一样倏地变过去了。既然局长给他孙子买的是"喜羊羊"气球，那肯定大有用意的，钱局长有点儿信那个……听老李说，过去盖办公楼时，局长就曾请人来看过风水……要是买别的，不中他的意，那简直……

想着，小梁又折回了酒仙居对面那个小店，女店员脸上又挂上了微笑。

"请问，'喜羊羊'气球什么时候才到货？"小梁满脸无奈地问。

"这可说不准，要等剩下的这些气球差不多都卖完了才能进货。"女店员有点儿不耐烦地望着他。

"好吧，我明天再过来。"小梁垂头丧气地说。

下班时间早过了。小梁难过得午饭都没吃。

下午上班，小关和老李都朝他吐舌头。

"局长来过吗？"小梁忐忑不安地问。

"来过。"两个人异口同声地回答。

"问气球了吗？"

"问了。"

"你们怎么说的？"

小关瞅了瞅老李，老李瞅了瞅小关。

"实话实说呗。"

"局长怎么说的？"小梁感到有一只蚂蚁爬到了脊背上。

"局长只是笑了笑，什么也没有说。"

沉默包含一切。小梁不知道局长什么也没有说，意味着什么。想想上班前一天晚上父亲语重心长的那番话，还有父母新添的白发。就业是多么困难，有几个大学同学至今还在家里待业呢……

"小梁啊，其实没什么。年轻人谁不犯错，改了就好嘛。"老李一脸不屑，仿佛犯错误只是年轻人的专利，跟老年人永不沾边儿似的。

小梁心咯噔一跳：局长虽然什么也没有说，可心里已经发火了，要不老李怎么这样说？看来，得赶快去向局长道歉。

可光道歉顶什么用，没有实际行动是不成的，至少应该拿着新买的"喜羊羊"气球，送到局长面前，然后再诚心诚意地向他道歉……怎么才能弄到"喜羊羊"气球呢？小关这小子或许有办法，他可是个鬼精灵。再说，要不是因为他，气球怎么会丢呢？

30分钟后，小梁再次站在酒仙居对面那个小商店门口了。

"你把所有的气球都拿过来！我全要！"小梁眼睛里冒着火。

也许是有点儿激动，女店员声音颤抖地说："还有37只，你，你是说全部都要吗？"

"对！全部都要！我再预定一个，对，预定一个'喜羊羊'的。你们什么时候能进货？"

"明天上午吧。"女店员诧异而又肯定地回答。

付完账，小梁拽着气球转身就要离开，肩膀上不知被谁拍了一下。

"梁秘书，买这么多气球送谁呀？给女朋友吗？难道是幼儿园阿姨吗？哈哈。"一副大眼镜后面，酒仙居蔡老板眨巴着眼。

"没……"小梁脸一直红到脖子下面。

"看，让我瞧破了吧，还不承认？"蔡老板哈哈直笑。小梁尴尬地站在那儿，满头冒汗。蔡老板把脸凑上去，压低声音说："小梁兄弟，老钱马上就要内退了，以后老哥这边的生意，还请你多多关照……"

"难道钱局长……真的，这消息确切吗？"小梁感到十分意外。

"今天上午已经谈完话了，就等明天新局长一上任通告就下了。这个，局里没几个人知道。上午老钱到我这里坐了坐，我这才知道。不瞒你说，他要我下午赶紧结清所有的饭费呢。时候不早了，我得马上赶过去，要不要搭我的车？"

"不了，我还有事。"

望着蔡老板肥胖的身躯钻进轿车里，飞驰而去，很久，小梁才缓过神来。

他原想把气球带回宿舍的，不知什么原因，小梁手里的绳子一松，那37只气球如同一群放飞的鸽子，争先恐后地腾空而起，它们彼此摩擦着、碰撞着，在天空中不停地跳跃着、旋转着，向远方飘去……

女店员跑出来，生气地问他："你这是干什么！你订的那只'喜羊羊'气球还要不要啦？"

"不要啦！"

说这话时，车已骑出好远了。

2010年1月

烦恼

王太太今年快50岁了，她有一个幸福的家。

丈夫王先生是政府机关的公务员，儿子是一名中学教师，女儿还在读大学。他们把家安在小小的县城，虽说不上富足，却也衣食无忧，安乐祥和，日子过得有滋有味的。

王太太曾在县城一家国企上班，后来企业破产，工人放假，她只好自谋出路，应聘到一家私营企业工作。随着儿女逐渐长大，特别是去年儿子考上事业编，担任了本县高级中学的教师，要在家里吃住，家务事随之增多，忙不过来，因此王太太决定辞职，在家做全职太太。

每天的事务无非洗衣、做饭、打扫卫生、买菜。丈夫和儿子上班后，她就看看手机，读读报纸，到阳台上摆弄摆弄那些花花草草，晚上到广场跟熟悉的姐妹们跳跳广场舞或者打打扑克，总之，日子就这样在平静中度过。

然而生活不可能天天阳光明媚，也会有刮风下雨的时候。

王先生最近脾气不太好。因为单位换了新领导，把他从以前的科室调到一个新科室。以前老科室没多少事情，上班后无非打打电话统计一下数字，报几张表就可以了；新科室就不同了，每天都要同群众打交道，还要搞调研，写报告，有时候是紧急任务，经常安排加班。王先生在外面过得不自在，回家后难免冲太太发牢骚。

听了丈夫的牢骚，王太太顿时心生烦恼，就想找机会同儿子聊一聊。可没想到，儿子这几天火气更大。原来，儿子被学校领导从普通班调到了实验班教学。实验班教学任务重，需要花费较大的精力备课，儿子一面翻着书，一面向妈妈抱怨压力大。望着儿子消瘦的面庞，妈妈只得把烦恼吞下，相反倒安慰起儿子来，劝他把心态放正一些，把课教得更好一些。

从儿子房间出来，烦恼不仅没有减少，相反倒增加了许多，看来，还是跟"贴心小棉袄"说说吧。刚拨通电话，那头传来女儿的诉苦声。女儿上大三了，一边要准备参加学校组织的社会实践活动，一边准备考研，繁重的功课压得她喘不过气来，因此接到妈妈的电话，不由得叫苦连天。听女儿诉完苦，王太太安慰了几句，挂断电话，摇摇头，叹了口气。

看来，还是等到晚上跳广场舞或打扑克时向熟识的姐妹诉说一下心中的烦恼吧。到了晚上，最爱听她说话的张大姐今天却没有来跳舞，一打听，原来她公公出来遛弯儿时不小心摔了一跤，磕伤了胳膊，她和丈夫正陪老人去医院治疗呢。其他舞伴也都心绪不佳，将一大堆烦恼留在广场上，撂在牌桌上，根本没有王太太插话的份儿。

王太太心事重重地回家，整个晚上也没休息好。

第二天，丈夫和儿子上班了，家里安静下来，王太太想，自己本来也是个有理想有追求的人，谁知混到半路成了下岗职工，自从辞去工作后又变成了听别人发牢骚的家庭主妇。她越想越烦恼，感觉快要憋疯了，非常希望找个人说说话，诉诉苦，可家里就她自己，没有旁人。

于是她走到阳台上，一盆一盆的鲜花正开得热热闹闹的。她搬把椅子坐下，想对着鲜花们诉一诉心中的烦恼，可转念一想，每天丈夫和儿子下班回来，爷儿俩必到阳台来一趟，赏赏花，看看景，谈谈话，散散心，脸上都挂着满足的笑，如果自己对花儿们诉苦，万一它们听了，突然间凋谢了怎么办？不行，还是忍住吧。

正想着，吱的一声，厨房里热水烧开了，她赶紧过去，把电水壶的插座拔下来。倒热水的时候，她想对着餐桌上的空水杯说说心里话，可一想到丈夫和儿子一下班急匆匆端起水杯喝水的情形，担心如果杯子里装满了抱怨，他们喝下去，身体可能会不舒服的。

看来家里连个诉苦的地儿都找不到啊！她提起一兜垃圾走下楼，扔垃圾的时候，准备对着垃圾箱诉诉苦，但是垃圾箱里一只猫妈妈领着两只可爱的小猫咪正在觅食，她又担心可怜的流浪猫一家如果听了诉苦，生活会更加悲惨，更加无依无靠……

回到家，王太太躺在床上辗转反侧，看来只有把烦恼深埋心底，让它们变成脸上的皱纹或者头上的白发了。

……

半年后，王太太50岁生日那天，王先生和一双儿女都提着礼物赶回家。王先生送给太太一条漂亮的裙子，儿子送给妈妈一瓶焗油膏，女儿送给妈妈一支洗面奶，然后高高兴兴地在家吃团圆饭。吹生日蜡烛前，一家人让王太太许个愿，王太太站起身，眼睛湿润地说："亲人们，我唯一的心愿，就是今后谁也不要再把烦恼带回咱们的家……"

2020年9月

生 日

大刘碰到了一桩烦心事。

前天，县文明办下发文件，要求全县各级领导干部带头遵守中央八项规定，树立文明节俭的社会新风，办理婚丧等事宜一律从简。大刘是乡领导干部，负责乡文明办工作，带头遵守八项规定理所应当，而且其他干部也全都盯着他。可一想到后天就是妈妈的生日，他不觉犯起难来。

今年正赶上妈妈70大寿，她老人家操劳一辈子，很不容易，特别是在生大刘时，正逢家里生活困难，由于缺乏营养，妈妈身体孱弱，连生孩子的力气几乎都没有，医生抢救了好几次，母子俩才算勉强保住命。大刘自小身体弱，刚过百日就得了急性肺炎，多亏妈妈抱着他徒步赶到20里地以外的乡医院救治，衣不解带看护了一个多月，才把大刘从死神手里夺回来。大刘爸爸去世早，妈妈一手拉扯大刘等三个儿女成长，一手侍奉公婆养老送终，简直操碎了心。眼见着儿女们都成家立业，妈妈脸上渐渐挂上了笑容。在60岁生日那天，妈妈说出心愿，她希望今后每年都过个体面的生日，好让自己娘家人过来庆贺带团聚。大刘和弟弟、妹妹一商量，一致同意满足妈妈的心愿。于是每年妈妈生日那天，家里都要举办一次大型生日宴，在饭店摆上五六桌，招待前来祝贺的亲友。3年前大刘提了干，乡里、村里相处不错的也都来凑个份子添个热闹，这样每年都要招待十几桌的客人。

妈妈70大寿，亲戚们都格外重视，前阵子舅舅家的表弟还打电话说，今年姑妈生日那天，他要率领全家前来祝贺，连在外地读硕士研究生的儿子也叫回来参加。朋友们自然不消说，也都盼着那天到来，大伙儿好一块儿热闹热闹。

大刘想，现在既然县里有明文规定，自己又是党员领导干部，无论如何也要带头执行，今年妈妈的生日宴必须取消！可是，老人家能同意吗？

下班后，大刘就去妈妈那里试探。

"妈，跟您商量个事儿，后天是您生日，今年咱能不能换个过法，我和媳妇陪您出去旅游怎么样？"

"不去，怪累的！再说人们都说好来看看我，躲出去算怎么回事？"

"妈，县里下文件了，要求办理喜庆事宜一律从简，让我们这些当干部的带好头哩。"

"谁家还不过个生日？不就一天嘛，你少拿县里文件说事儿！过年热闹半拉月，县里咋不下文件不让老百姓过了？

过生日热闹一天就不行啦？！"老太太情绪激动，语气明显加重了。

见妈妈一时转不过弯儿来，大刘只好摇摇头走开了。

晚上临睡前，在县城工作的妹妹忽然打来电话质问："哥，你咋年纪越大越不懂事呢？"

"怎么了？"

"妈说你变心了，不想给她过生日。是不是嫌她老，没啥用了？妈在电话里跟我诉苦，说着说着都哭了。到底怎么回事？"

大刘急忙解释："这哪儿跟哪儿啊？是县文明办刚下文件，让领导干部带头遵守中央八项规定，倡导移风易俗，树立文明节俭的新风，婚丧大事一律从简，这不是为了响应党中央杜绝'四风'的号召嘛。"

"哥，你是领导干部，我和弟弟不是，我们回家给妈过生日，今年就不让你这当干部的操心了！"不等说完，妹妹啪的一声把电话挂了。

一旁的妻子问明缘由，说："妹妹说得对，后天你就说到外地出差，不要露面；我们在家操持，事情是我们办的，算账也算不到你头上。"

"糊涂！这不是自欺欺人嘛！我身为一名党员干部，这种阳奉阴违的事情坚决不干！"

"那和咱弟、咱妹再商量商量，今年妈的生日能不能到他

148

们那里去过，他们都不是党员干部，应该不碍事。"

"妈一时接受不了，思想转不过来，看来也只能这样了。我提前做做工作吧。"

弟弟小刘在一家国企上班，担任车间维修班的班长，现在厂里检修设备，正忙得天天加班加点。大刘拨通小刘的电话，小刘很理解哥哥的处境，说："哥，甭着急，我晚上换个班，明天下午就回去把咱妈接过来，今年妈的生日在我这里过吧。"

"妈对我有点儿误会，你可要好好劝劝她，千万不要惹她生气。"

"哥，我会的，你就放心吧。"

放下电话，大刘长舒口气，安心地上床睡觉。

凌晨五点，手机铃突然响了，大刘赶紧接听，里面传来弟媳妇的哭声。

"弟妹，发生什么事情了，先不要哭，慢慢说。"

"哥，你弟厂里设备检修，他已经3天没回家了，没日没夜地加班，本来昨天晚上说好要回家休息的，谁知临时又换班，半小时前他因劳累过度，突然休克了，现在正在县医院抢救呢。你快过来看看吧，呜……"

大刘一听，急得差点儿把手机扔了，但他还是尽量控制住自己的情绪，劝弟妹不要慌乱，要保持冷静。通完电话，大刘懊悔不已，唉！如果不是昨天自己改变主意，弟弟就不会换班，也就不会生病了。

大刘和妻子带着钱匆匆赶到县医院时，小刘已经苏醒，被送到监护室观察。望着插着氧气管的弟弟，大刘难过极了，他不停地自责：是自己害了弟弟，如果还按原计划给妈过生日，弟弟不会这样的！

小刘强打精神睁开眼，看见哥哥，嘴唇动了动，想说话，被哥哥制止了。大刘眼含热泪劝弟弟安心养病，其他什么也不要操心，一切都会好的。弟弟听了劝慰，无力地点点头。

不一会儿，妹妹也到了，她一见小弟的样子，眼泪哗哗地流下来。

"哥，你看这可咋办呀，妈的生日到底过不过了？"

"过，一定要过！弟弟的事，不能让妈知道，免得她伤心；这次，宁可犯错误挨处分，也要……"大刘咬着牙说道。

"哥，这样吧，你继续回去操持妈的生日，我留下来看护小弟。"

"你和小弟都不回家，怎么跟妈交代呢？"

"哥，待会儿我给妈打个电话，就说我和弟弟单位突然安排明天出差，谁也不准请假，等我们回来再给她老人家补过生日。"

"只好这样了。"

下午，向医生问过弟弟的病情，并没有生命危险，只需输几天药水静养一段时间身体就能恢复，大刘两口子这才从医院返回来。

明天就是妈的生日，大刘盘算着来多少客人，需要订多少桌，饭店订在哪里，座位怎么安排，物品需要多少，他详细地列了张单子，正准备打电话联系，妈妈忽然颤巍巍地进来了。

"妈，您有事叫我过去就行，干吗非得跑过来！"大刘连忙扶住妈妈的胳膊，让她在沙发上坐下来。

妈妈头发已经花白，皱纹像藤蔓一样爬满了手和脸。她缓缓地说："老大啊，妈过来和你说说心里话。"

"妈，您说吧，我听着。"

"妈嫁进你们刘家门，快50年了。你爸走得早，我一手拉扯你们，一手孝敬公婆，日子过得不容易，忒不容易。

"过去，你爷爷奶奶活着时，他们的生日都是我亲手操办的，一直坚持到他们去世；亲戚邻里们提起这没有一个不羡慕不称赞的。那时家里生活那么困难，我图啥？不就图个老人高兴，能给你们刘家的子孙们留下个好名声嘛……"

大刘眼圈红红的，"妈，您就别说了，我都明白，明天您的生日还跟往年一样，咱热热闹闹地过！我马上预订饭店。"不等话音落地，大刘拿起手机就要联系。

"你先等等，等等，听我说完。"妈妈打着手势。

"你们兄妹几个都很孝顺，妈打心眼儿里高兴。可时代不同喽，观念就得变，妈老了，跟不上形势了。昨天，回去考虑你说的那些话，现在咱家、乡亲们的日子都过好了，你看看现在家常吃的饭菜比过去你爷爷奶奶过生日时吃得都不知好多少倍。日子过得这么幸福，都是沾谁的光？都是谁的功劳？"

"沾党的光！是党的方针政策好，群众干劲足。"

"对啊，没有共产党，哪有今天的好日子？共产党的恩情比海深啊！吃水不忘挖井人。今天，共产党让咱老百姓节俭过日子，不兴搞什么铺张浪费、大操大办的事情，这么好的政策，咱老百姓能不拥护、不支持吗？妈也听说了，现在已经进入新时代了，妈虽然年纪大，可好赖也生活在新时代，那就得按新时代的要求办！今后啊，妈的生日不要再麻烦亲戚们了，大伙儿都挺忙，要把时间都用到办正事办大事上，不能浪费在过生日这些小事上。"

"哎呀，亲爱的妈，您是怎么想通的？"大刘媳妇高兴地挽住婆婆的胳膊。

"昨天晚上睡不着，我就捋摸着自己这辈子做过的事，想了大半夜，终于想明白了。过去，咱家碰到困难，哪一次不是共产党给解决的？还记得老大小时候，咱家穷，大队、乡里年年发救济，孩子们才活下来；老大他们上学念书，都是村里发课本、发文具；工作后他们兄妹三个都拿国家的工资，吃上了国家饭……人应该懂得感恩，懂得知足啊！只要你们日子过得好，妈就心满意足，妈都活到这把年纪了，还有啥想不通的。"

见儿子还愣着，妈妈催道："赶紧跟亲戚们说说，让他们明天都不要来了，你就说妈想当个新时代的老太太，今后不再像以前那样过生日啦，妈要换个过法儿。"

"哎！妈，我这就去通知！"

"还有，叫你弟弟、妹妹、亲戚们都安心工作、上学，不要惦记我，你看，我身体挺好的！到明天，让他们都给我打个电话、发个微信祝福一下就行。你妹妹买的新手机我也学会用了，我准备发个微信朋友圈，向老姊妹们显摆显摆！"

"妈，您发朋友圈晒什么？"儿媳逗她说。

"不晒别的，就让人们见识见识咱新时代老太太的幸福生活……"

2021年5月31日

对联

　　翠翠碰到国星爷的时候，他刚遛狗回来。

　　翠翠是石峪村包村的乡干部，因为路远，她已经3个月没来村里了。上次来，还是为帮助村里最后一个贫困户石得子迁新居。那天可真热闹，村里锣鼓队咣咣咣一个劲儿地在楼道口敲打，乡长亲自推着石得子走到石峪新村新盖的5层楼房跟前。石得子坐在轮椅上，激动得脸通红，巴掌也拍得通红，嘴里不停地说着感谢。石得子本来很能干，可10年前突然得了严重的关节炎和神经炎，干不了重体力活，后来连下地都困难，成了远近闻名的贫困户。在去年完成的脱贫攻坚任务中，他被县里列为精准扶贫对象，最后补贴了一笔款子，才顺利地搬入新楼房。

　　翠翠这次专为对联的事而来。县里为庆祝党的百年华诞，号召全县党员领导干部"七一"这天在家门口张贴对联，以表达对党的敬爱之情。乡领导经过讨论研究，认为庆贺建党一百周年意义重大，最好全乡家家户户门口都贴上对联，于是安排包村干部们提前做好调查发动工作。

作为乡里最年轻的干部，一名90后，翠翠对这件事积极性最高。她看了看自己所包的6个村，数石峪村经济条件最差，尤其国星爷凡事都爱跟人拧着干，是村里出了名的"倔老头"，只有说通了他，家家户户贴对联的事才能发动起来。

翠翠开着自己的小红车沿着一条细长的柏油路跑了20多分钟，才来到石峪村。她径直把车开到国星爷家的枣树园子旁，刚下车，就见国星爷正远远地遛狗回来。

国星爷70多岁，脸上堆满皱纹，背有点儿驼，一双粗糙的大手背在身后，后面跟着那只陪伴了他10年的黄毛狗。那只狗体形高大，毛色泛黄，已明显老态龙钟，它耷拉着尾巴，眼睛看了看翠翠，就在国星爷脚边趴下来。

国星爷非常喜欢这条狗，简直到了难舍难分的程度，为了它，常年住在冬枣园里那间简陋的屋子里，几乎不到楼上住。楼上冬天有暖气，夏天有空调，他也不为所动，气得老伴人前人后直骂他"老顽固"，说他"有福也不会享"。

国星爷脾气就是倔，从年轻到老，他一直没有放弃侍弄土地。当年在生产队他就特别爱种地，别人歇着他还在不停地干着。改革开放后，更是见缝插针开荒种地，每年打的粮食全村数他家最多。后来上了年纪，不得已把大部分土地承包出去，自己仍然留了3亩枣园子，在城里工作的儿女们无论怎么劝说，他都舍不得丢下。

　　国星爷爱犯倔，远近闻名。据说，当年有个下乡插队的女知青看上了他，他也喜欢她。可后来女知青要返城，劝说他跟着一块儿到大城市过另外一种生活，国星爷死活不愿意，最后两个人不欢而散。前些年，他老爱跟村干部顶杠，尤其见不得村干部们上饭店、打麻将、讲排场，有次竟然闹到大队部，掀翻了麻将桌子。村干部没有一个说他好的，时间久了，甚至流传出一句顺口溜："管天管地，管不了石国星的倔脾气。"

　　前两天乡里动员开展这次张贴对联活动时，石峪村村支书挠着头皮说："其他人都好说，就怕国星爷又埋怨我们不干实事光搞形式哩。"

　　翠翠这次来，就想找国星爷谈谈这事，动员他参加。

　　翠翠过去从村档案室见过国星爷的照片，所以一见面就认出了他。翠翠走到国星爷跟前，伸出手，微笑着说："国星爷，您好，我叫翠翠，是从咱们乡里来的。"

　　国星爷背着手正往前走，见一辆车停下，过来一位漂亮女孩儿，拦在他面前。女孩儿长得挺水灵，浑身上下没有一点儿土气，而且自称是乡里来的，国星爷就已经瞧着不顺眼了。在国星爷心目中，下乡干部若身上不沾点儿泥土那绝对不是好干部。他没有跟翠翠握手，径直领着黄毛狗朝前走，只留下翠翠愣在那儿。

　　翠翠只当国星爷耳朵聋，就一面跟在国星爷后面，一面大声喊："国星爷，我是乡里的干部，叫翠翠，很高兴认识您！"

国星爷边走边说："我的狗叫黄毛，可听话了，不咬人。"

翠翠有些失望，没想到国星爷耳朵聋得这么厉害，自己这么大嗓门他都听不见，看来只有到家里说服他家人了。

翠翠把车开进石峪新村居民小区大院里。她不知道国星爷家住在哪栋楼，但认识石得子家，于是就去敲石得子家的房门。

石得子媳妇一眼认出翠翠，一面打招呼，一面热情地把她让进屋里。

石得子身残志坚，自从腿出了毛病后，坚持练习书法，翠翠进来时，他正在废报纸上练字，写好的字摆了一床一地。石得子媳妇把报纸划拉到一边，让翠翠在沙发上坐下。石得子有点儿不好意思，紧着让媳妇沏茶倒水。

"翠翠同志，谢谢你，要不是你帮忙，说不定我今年还住不进这楼房。"石得子脸上满是感激。

"石老师，千万不要这么说，都是党的政策好，您是沾了好政策的光！"翠翠连忙解释。

"翠翠同志，你今天来，一定有什么事吧？"石得子问。

翠翠就把找国星爷的事情从头到尾说了一遍。

石得子听完，笑着说："我当什么大事。没问题，没问题。"

"哦，石叔，您就这么肯定？"

石得子媳妇在一旁说："当然肯定。他爷儿俩都定好了。翠翠同志，你不知道，是这么回事，得子和国星叔算起来有两代人的交情，自打我公公去世后，国星叔有啥心里话都爱跟得子唠叨唠叨，这不，前阵子爷儿俩就凑在一起商量，说'七一'近在眼前，我们庄户人家没啥好东西做纪念，节日那天就在门口贴副对联，挂个党旗吧。为这事儿，我还笑话过他爷俩呢。"

石得子接过话茬儿："国星叔当场就批评她，你笑话我们不是党员，不该干这事？那是你不知道共产党的好。"

翠翠往前探探身子："呀，国星爷真这么说的？"

石得子媳妇说："国星叔说了两件事。一件是20世纪90年代村里通上柏油路那天，国星叔和我公公当天都在大门口贴了对联，'共产党修通连心路，老百姓打开致富门'；第二件是新世纪初村里告别吃井水，通上自来水时，国星叔和我公公在大门口又贴上了对联，'放下扁担告别苦，拧开龙头流出甜'。这两副对联，都是当年我公公编写的。国星叔问我们，你们说这两件事这两副对联该不该写，该不该贴？我和得子连连点头，太应该了！"

石得子说："过去我们村是全县最偏远的村庄，通电、通路、通饮用水都比较晚，老一代村委和国星叔还有我父亲他们为办好这几件事操碎了心，想了很多办法都没弄成，后来还是县里帮我们解决了这些大事，国星叔他们才搬开了压在胸口多年的石头。

"前几天国星叔为了庆祝建党节的事情找过我，他嘱咐我练练字，想想词，提前写好对联交给他。"

翠翠一听，高兴地说："石叔，你们跟县里、乡里想到一块儿去了，今年为庆祝建党百年，县里专门聘请书法家撰写了对联，然后复制了一批，过几天就要发下来，这正好省去您不少工夫。"

石得子两口子一听，都高兴地笑起来。

这时忽然传来敲门声，石得子媳妇赶紧开门，只见国星爷从外面进来，一进门就说："在门口就听到你们家有说有笑，有什么高兴事，整得跟过年一样？"

翠翠忙说："国星爷，您的耳朵……"

国星爷脸上露出笑："闺女，我老汉虽然70多岁，却耳不聋，眼不花，你刚才那个样子，我以为是劝我搬楼上住的，所以故意不搭理你。"

翠翠奇怪地问："国星爷，我的确误解您了，原来您老这么开通。可是，大伙儿都搬到楼上住了，您老为什么还住在冬枣园子里？"

国星爷说："闺女，你不知道，我们村大部分年轻人都到外地打工去了，留下老人妇女和孩子在村里，大伙儿都上楼了，没人看地可不行，我呢住在园子里，白天晚上领着黄毛出来转悠转悠，就算给村里当个保安吧。"

翠翠一听，不由对国星爷更加钦佩了。

翠翠说："国星爷，您的事迹太感人，能不能安排一次电视采访活动，把这些事情跟大伙儿说说？"

国星爷脸一下红了，他急忙摆手："闺女，可不行，你饶了我老头子吧，这些事情都是应该做的，换成其他人，兴许做得更好。"

翠翠一见国星爷着急的样子，连忙说："要不等'七一'贴对联那天，专门给您录一个镜头，您就随便说句话。说句什么话呢？"

国星爷这次没有推辞，他从兜里掏出一个皱巴巴的纸团，展开就见上面字迹歪歪扭扭的，抄写着一副对联，他拿着字条说：

"我就念念这副对联吧，是我自己瞎琢磨的，你们都听着——共产党心里装着老百姓，老百姓心里想着共产党！"

石得子在一旁说："叔，不够合辙押韵呐，再说，还缺个横批哩。"

国星爷想了想，说道："我没你老子有水平；可不管什么对联，总要说说心里话吧？我觉得这两句就是咱老百姓想要说的心里话。横批就'同心同德'，怎么样？"

"好！"大家异口同声地说。

石得子媳妇连忙取出事先裁好的红纸铺在桌子上，催促道："得子，快照叔说的写！这么好的对联，咱今天就贴上！"

2021年6月6日

邻居

人生到底幸与不幸，只有自己知道。

曾经对门而居20多年的邻居突然故去了，引发我许多感慨。她是去年春天走的。春天明明充满生的希望啊，大自然中很多生命摆脱严冬的束缚苏醒过来，开始发芽、抽枝、长叶、开花，那种昂扬蓬勃的生机，令人精神亢奋，内心充满喜悦，可她竟然选择主动放弃，实在太残忍了。

我想不明白。

我和邻居一家曾在一个国有企业上班，住在一栋楼里，对门而居。记忆中去她家的次数屈指可数，一则因我性喜独处，不善交往；二则她变故太多，总觉有些"晦气"缠身，故意拉开距离。还有就是迁就我的老婆。

年轻时邻居挺标致的，一头乌黑发亮自然蜷曲的头发垂到腰际，白皙的瓜子脸上长着一双会说话的大眼睛，再加上纤细的腰肢，圆滚滚的屁股，以及走近时身体发出的幽幽体香，里里外外都透着一股诱人的魅力。她是接班进的企业，文化水平不高，一直在车间做"三班倒"的工作。有人说她年轻时挺风流的，比如上夜班时曾被主任骚扰过，出去看电影时被男同事调戏过，当然这只是传闻，谁也没见过。后来，销售科缺内勤，要把她调过去，可她说什么也不肯——幸亏如此，后来调去的小芹，不久就和丈夫离了婚。当时那家企业就这个状态，男人们意志消沉得过且过，女人们则个个点缀着花边新闻，似乎永远不坚挺，永远乱哄哄，永远说不清。

那一年，我和老马一同被分配到这家半死不活的企业，我分在财务室，老马分在技术部。老马比我年龄大，思想成熟，人长得也帅，对异性具有较大杀伤力。我对爱情还懵懵懂懂的时候，老马已经开始跟邻居风花雪月，着实令我羡慕嫉妒恨啊！老马啊老马，要不是你先下手为强，邻居或许就是我的。

后来经人介绍我认识了我现在的老婆。刚交往时，老婆对我态度冷漠，弄得我终日精神恍惚，怀疑自己脑子有问题。后来见老马和邻居打得火热，邻居对他百依百顺的，非常纳闷，就向他讨教"媚女术"。老马神秘兮兮地抓起我的手，蘸水在手心里写下个"买"字，然后把我的手蜷起来，推到我胸口上，说道："兄弟，慢慢开悟吧，哥把秘诀都教给你了。"

按照老马传授的"秘诀"，我的人生果然像开了挂一样，老婆也变得对我百依百顺了。我于是把经验推而广之，上司、同事和朋友待我更加友好，比以前亲近了好多倍。毕业第三年，我升任企业财务部副经理，同时抱得美人归，那时整个人如同沐浴在春风里。

得意快，失意也快。我老婆醋性很大，别人吃醋论坛子，她可要论大缸。另外，她在医院当护士，有洁癖，平常碰见个狗啊猫啊的总躲得远远的，别人到我家串门都嫌，更甭说主动到别人家去了。我结婚前和老马是好哥们儿，两人分别成家后又住在对门，按理交往会更密切。但是那时，只要我稍微多看邻居一眼被发现了，回家准会劈头盖脸来一顿内部教育。望着老婆妒火中烧五官挪位的形象，我实在鼓不起跟邻居一家密切交往的勇气。更要命的，是老婆独揽了家庭的财政大权，我过去赖以通行的外交政策不灵了，连给同事随份子都要受到限制，更别说请客送礼了，只要一提，就来个无此预算，一概全免。久而久之，落下了"怕老婆""小气""没出息"的名声，简直集"众恶"于一身，上司、同事、朋友对我态度大变，关系逐渐疏远，最显著的表现，就是在财务部副经理位置上一待就是10年，再未挪窝。唉，怨谁呢？有人交友不慎上当受骗，我是择妻不明自投罗网啊！此等"苦果"，还不是自己当初"买"来的吗？真是成也萧何败也萧何，夫复何言！夫复何言！

后来，企业经营出现问题，我和邻居一家都下岗了。那段时间我坠入人生低谷，几次想出去创业，被老婆连哭带闹动员了两家父母来阻挠，气得老爸指着我的鼻子连说我不孝，说有老婆有儿子你不懂珍惜，不本分做人还整天想三想四的，作妖啊你！我慑于"罪名"太大，只好打消了哪怕出去练地摊赚钱的念头，屈从老婆大人安排，规规矩矩到她同学开的建筑公司去当财务部的一名小职员。

才下岗那会儿，老马一家生活挺难，两口子先后换了多个工作岗位，也曾到夜市开过小吃摊儿，可都没有成功。老马的儿子和我儿子差不多大，都上小学，只是高一级。听老爸说，接送孩子时老马经常迟到，弄得孩子留在班里很晚才回去，老师都有意见了。偶尔几次还委托老爸接送。为此，那几年到年底他们准会买礼物来送，算是向老爸表达谢意。每当老婆收下礼物，送走邻居一家，总要感叹一番，说他们两口子是好人，只是生不逢时，又没什么特长，失业后只能让孩子跟着受苦，最后还不忘挖苦一句：和你一路货色！

孩子上初中后，我儿子还要大人天天接送，邻居的儿子则自己骑电动车。有一次，我去接儿子，发现邻居两口子也在路边等孩子，而且手挽着手。我和他们打过招呼就顺着人流走了，走出老远回头看时，他俩仍然手挽着手。我想，经历了人生坎坷，仍然牵手的，大概就是所谓的"患难夫妻"吧。我一边羡慕他们，一边也默默祝福他们。

之后邻居在一家家具公司找了份推销家具的工作，逐渐稳定下来，老马时来运转终于考上了事业编，到市里一所中学当老师。因学校在市里，离县城远，老马只能一周回家一次。偶然有次碰面，老马热情地招呼我去做客，让我劝劝邻居跟他一块儿到市里找工作，离开县城。推脱不过，我和老婆应邀去了，他们一家极热情地招待了我们。当我和老婆劝邻居跟老马一块儿去市里时，邻居摇摇头为难地说，不是不想去，可父母身体不好，就她一个孩子，她不能离开。吃完饭，老马失望地送我们出门。

我知道，邻居说的是实情，她父母也都是国有工厂的工人，虽已经退休，可就那么一点儿可怜的收入，生活一直很拮据，而且她父亲还有抽烟喝酒的嗜好，患有心脑血管疾病，已经中风过一次，身体很糟糕，连外孙都接送不了，确实需要人照料。

一晃几年过去了，老马耐不住寂寞，在市里找了个小的，最终提出和邻居分手。在我潜意识里，这个结局是迟早的事，因为老马的人生哲学中只有"买"，没有等价交换。邻居应该对老马有更深刻的了解，她很镇定，没有像一般妇女那样撒泼耍赖，哭天抢地，只是提出让儿子和自己过，两个人就在离婚书上签了字。尽管老马净身出户，可当时他们的财产除了房子，没有多少存款。离婚后，邻居照常每天外出打工养家。

离婚对邻居和孩子打击太大了，她脸上的皱纹、头上的白发明显多了，目光也变得呆滞了；她的孩子经常逃学、上网吧，久而久之打游戏上了瘾。

我儿子考上大学，邻居来祝贺，嘴里絮絮叨叨地诉说自己的遭遇。离婚后，年过半百的家具店老板认为有机可乘，提出要包养她，被她断然拒绝，她因此失去了那份工作，转到一家餐饮店去干保洁员，天天洗碗刷盘子，累得腰都直不起来。她一个劲儿埋怨自己命不好，没人愿意听她诉苦，只好到我家来说说，那天老婆陪着她掉了很多眼泪，第二天眼睛还红红的，肿得厉害。临走，邻居留下五百元贺礼，另外拜托我们给他高中毕业的儿子在建筑公司介绍份工作。看在多年邻居的分儿上，我介绍他儿子去销售部干内勤工作。她儿子报到那天，邻居一块儿来了，看得出，她挺满意，灿烂的笑脸仿佛又回到青春时节。

儿子考博士那年，我们搬离住了20多年的旧居，迁到新城区去了。告别那天，老婆不顾洁癖，破例拥抱了邻居，在我的记忆里，这是她们唯一一次拥抱，也是最后一次。

此后关于邻居的情况，基本都是听她儿子说的。她儿子说，我们搬家后不久他姥爷就病故了；第二年，他姥姥也病倒了。邻居送走了父亲，又照顾母亲。后来母亲也走了，家里只剩她和儿子两个人。她每天都会到父母的老院子去一次，望着父母的遗像发呆。为了消愁解闷，还在她父母的老房子里，养了一只猫，因猫身上有黄、白、黑三种颜色，所以起名叫"三花"。她的儿子说，姥爷家的房子是20世纪盖的，值不了几个钱，早应该卖掉，卖了后他才有本钱去开一个游乐场，才能赚大钱过上好日子。可向妈妈央求多次，她就是不同意，说什么房子卖了，你姥爷姥姥的气息就再也闻不到了，你说她多迷信啊，没事闻死人留下的气息做什么！每到这时，我就会劝说邻居的儿子，让他理解母亲的心情，要懂得孝顺。邻居的儿子摇摇头，无奈地说，看来卖房子的事情遥遥无期，只有借钱去开游乐场了。不久，邻居的儿子果然辞职下海开游乐场去了，从此失去了邻居所有的音讯。

去年春节办完儿子的婚事从省城回来，我准备写辞职报告，打算半年后跟已经退休的老婆搬到省城去，好就近照顾儿子一家。有一天，突然接到邻居儿子的电话，他焦急地喊："叔叔，只有您能帮我了！我暂时赶不回去，我妈出事了，您赶紧和姨到我姥姥家看看，她快不行了！"我大吃一惊，连忙和老婆开车赶过去。邻居母亲家的院子在一楼，我们先前听她说过，是知道的，很快便找到了。当我们走进院子的时候，发现所有的门都是虚掩着的，在最里面的卧室里，邻居穿一身干净整洁的衣服，直挺挺地躺在床上，就像睡熟了一样，脸上留着明显的泪痕，身旁扔着手机、安眠药瓶和一张字条。我顾不得害怕，拿过字条快速看了一下，只见上面写着：

我是这个世界上最最多余的人，早活够了，想去跟爸妈团聚了。我不埋怨任何人。儿子，你欠下的那些钱，妈卖了咱家的房子和你姥姥家的房子，都替你还完了，你不用再在外面东躲西藏的了，放心回来吧。我走了，你自己好好过吧，一定要争气！还有，你把"三花"送人吧，它跟我生活多年，就算我的女儿了，一定给它找个好人家，千万别委屈了它……

我急着问老婆，人还有救吗？当护士的老婆翻开她的眼皮看了看，流着泪忍住哭声拼命摇了摇头。

我于是急忙打电话报警，到外面喊更多的人进来，让更多人知道这个讯息。

我试着给老马打电话，居然打通了。我告诉他邻居的不幸遭遇。那头只是沉默，我似乎听到了无声的啜泣。那一刻，老马似乎动了真情，他的心其实也挺委屈的，听得出他的生活也是不幸的……

在那个生机蓬勃的春天，一个可怜的女人在这个世界上永远消失了。她究竟是看到万物生长精神受了刺激，还是故意选择在最美的季节彻底释放自己，我不得而知。也许，像我这种浑浑噩噩度日的人，永远不会明白，也不配知道。

处理完后事，离开那所陈旧的老院子时，我发现，老婆面色苍白步履蹒跚，仿佛一下老了许多，她的怀里紧紧抱着"三花"……

2022年2月19日

郝家庄逸事

广袤的鲁北平原上，坐落着一个小村子，名叫郝家庄，只有不到200户人家。

跟这里的其他村庄一样，郝家庄也快变成了"空心村"，年轻人大部分打工去了，而且多数已在外面置办下房产，不打算回来。村里留守的，差不多全是老人、妇女和孩子，用老憨头的话说，净是些"攥不上贼的主儿"。

也有例外，住村东头紧贴乡村公路的郝二春就没出去打工。他40出头，中等个儿，圆脸，一表人才，家里盖了一排5间红砖瓦房。沿公路那间屋单独开门，朝公路一侧掏了个不大不小的窗户，是家日用百货店，里面商品琳琅满目，平时老婆闫巧巧就负责看店。夫妻俩都很勤快，除了开店，还种着5亩口粮田和6亩蔬菜大棚，虽然供着两个女儿上学，但吃喝花销根本不愁。

闫巧巧跟二春是初中同学。上学那会儿，二春就给巧巧塞过字条，后来托媒提亲，由两家父母做主，得偿所愿抱得美人归。

　　巧巧果真当得起"美人"两个字：白皙的瓜子脸，一双电影明星似的大眼睛，摇曳多姿的身段，当初就是这副俏模样把二春的魂儿勾跑的。初中毕业不久，二春就去河北一家食品冷冻厂打工。他头脑灵活，口齿伶俐，很得厂里领导喜欢，不到一年就得了个保管科长的差事，管理着三座冷库，进出货物全归他安排，先装哪辆车后装哪辆车由他说了算，自主提货的司机们都上赶着劲儿巴结他，时不时请他出去搓顿"羊肉泡"。再后来，他回到郝家庄，也是郝家庄第一个买摩托车的，没事儿时就爱骑着摩托车兜风。那翩翩的风度，惹得附近村庄的女孩儿们眼红心热，都恨不得托人说媒嫁给他。因此，当二春家托媒去说合时，巧巧的爹娘没有丝毫犹豫就答应了。定亲后，二春就经常带着巧巧出去兜风，而且专捡游人多的地方去。摩托车呼啸着风一样驶过，后面留下一路赞叹声……

　　即便现在，二春也愿意骑电动三轮车带着巧巧去菜市场或者日用品批发市场。巧巧虽已发福，但丰韵不减当年，皮肤白白嫩嫩的，还像以前一样那么辣眼睛，一路上回头率蛮高的。每次结伴出行，两口子都沉浸在岁月过滤不掉的幸福中。二春觉得，自己这辈子最大的福气就是找了巧巧这么个媳妇，所以处处让着她疼着她爱着她，用村里人的话说，他郝二春就是巧巧腰上缠的那根带子，这辈子恐怕也离不开啦。

　　可邻居家老婶子和村里上了年岁的人都知道，郝二春之所以不出去打工，不单是丢不下巧巧，还因为他摊上了个不争气的哥哥。

郝大春是二春的亲哥哥。俗语说"一母生百般，既有狼子也有獾"。也许是在穷水里泡大的，郝大春过日子异常抠门儿。他求人办事，买一盒香烟总要拆开送半盒留半盒；请人喝酒，只喝八两的，喝完一瓶拉倒，绝不再开第二瓶；村里谁家有个红白喜事，负责收礼的只要是大春，账款物从来就没有清楚过，有人曾亲见他把整瓶的酒整条的烟偷偷揣回家。

在把面子看得重于一切的郝家庄人眼里，郝大春绝对是上不了台面的货色，但凡有好事只要他一掺和准保搅黄了。

当年，二春结婚后，巧巧在家没待几天，就随着他又去了河北那家冷冻厂，被安排在包装车间工作。厂长待他们如同家人，专门提供宿舍，工友们羡慕得了不得。那几年，说真的，他俩的小日子挺顺的。

第三年，女儿小芳出生了，巧巧带孩子回娘家养着。她回娘家时间不长，二春就愁眉苦脸找来了。

"咋了？跟哭丧一样，有话快说嘛！"心直口快的巧巧望着二春消瘦的面容，催促道。

"巧儿，厂里出事儿了！"二春嗫嚅着。

"厂里出事跟咱有啥关系？快说呀，你平时不是挺能白话嘛。"见二春吞吞吐吐的，巧巧恨不得踢他一脚。

"三个月前，厂里新冷库建好了，要招一批装卸工，我就让大春哥从附近村里招了30几个人，并且跟厂长说好了让他当工头计分。我不知道，他偷着跟每人要了300元押金。干了3个月，工人每人每月工资1800元，也让他都领出来了。没承想，这20万一到手，他就都卷跑了。现在工人们正找厂长闹事呢，厂长逼着让我还钱。你看这可咋整啊？"

听了这话，巧巧脑袋直犯晕，差点儿栽倒。她过去只知道大春是块扶不上墙的烂泥巴，带着老婆和两个儿子日子过得稀里糊涂的，郝家庄没人待见他。当初二春提出要帮帮哥哥，巧巧开始不乐意，看二春一再坚持，虽然心里别扭着，可反过来一想，毕竟亲兄弟一家人，他们的日子过不好，二春和自己脸上也没有光彩。况且二春一个人在河北，有个哥哥帮帮忙也是好事，俗话说，"打虎亲兄弟，上阵父子兵"，胳膊肘子哪有往外拐的？可听二春说完，巧巧心里闪过一个可怕的念头：碰上狼了！

"二春，你快去找大春，让他还钱！这么多你俩咋还？"巧巧爹娘也急眼了。

"唉，找了。可他却说，当初我们两家的房子是他一手操持着盖起来的，一所房子工料加起来10万，两所正好20万，钱他都拿去还债了。"二春委屈地说。

"呸，你咋这么老实，不会找咱爹咱娘评评理，咱家还没分，有账也得爹娘先扛，分账你们哥儿俩都有份儿！凭啥他拿人家厂里的钱，让你背这口大黑锅！"巧巧哭闹起来。

"我找了，爹娘把我们兄弟俩叫到一块儿，还请大队支书来证明，把家和账都分了。当着支书的面，哥嫂都认账，也写了欠条按了手印，可就是拿不出钱来。这往后该咋办啊？"二春的头深深埋进胸膛里，眼泪啪嗒啪嗒掉下来。

看着二春那副可怜相，巧巧也没了主意。

后来，两口子东挪西借，卖了家里的房子和摩托车才勉强凑够20万，还了冷冻厂的钱。打那以后，弟兄俩形同陌路，再也没有来往过。

这桩事一出，二春丢了工作，只能回家种地，两口子从此过起了苦日子。

幸好二春会盘算，种地之余，建了个塑料大棚，又到县里学习了农业技术，专门种植反季节蔬菜。蔬菜种出来，每天天不亮就拉到菜市场去卖。蔬菜销售的旺季在春节前后，正是一年中最冷的时候，二春经常忙得十多天顾不上理发刮脸，胡茬子长得老长。每次卸完货，二春嘴里呼出的热气和脸上冒出的汗珠在胡子、眉毛、前额的头发上结成一层白白的霜，这时巧巧总是心疼地掏出手帕，用冻得麻木的紫红的手帮他擦干净。那一刻，二春老老实实站着，任她摆弄，眼睛虽然闭着，却一脸满足的笑。两口子就这么起早贪黑地干，终于把欠账都还清了，接着又盖起现在这所新房子。后来，二春担任了村会计，事务多，更脱不开身，彻底断了外出打工的念头，于是在家开起日用百货商店，只要不是出去卖菜，巧巧就留下看店，顺便帮着接待来办事的村民。平常家里人来人往，小店的生意还算不错。

岁月是位了不起的调剂师，能往记忆里撒盐，也能让撒过盐的水变淡。二春想，哥嫂没文化，又没见过什么大世面，自然把钱看得格外重些。现在村里人，哪家不这样？为了钱财，父子、兄弟、姊妹反目成仇断绝来往的还少吗？可碰到红白大事，还得一家人出面维持，才不至于惹笑话，所以凡事必须想开些，尽量向前看，事不能做绝了。

大春那边，再没跟弟弟提过还债的事，可他家日子过得并不舒坦，两个儿子高中没毕业就辍学，早早打工去了。到了该讨媳妇的年龄，没有来说媒的，一拖再拖年龄就30好几了。后来哥儿俩勉勉强强自己找对象，都是外省的大龄女青年，马马虎虎结婚，将就着过日子。看着哥嫂一家艰难的样子，二春和巧巧心也仿佛软了。这些年来，他们从未主动上门讨账。二女儿小慧出生时，巧巧想去讨账，可二春说啥也不让。

"巧儿，明年咱再建个大棚，照样过好日子！"

说干就干，第二年二春果然建起了第二个塑料大棚，虽然更忙，但日子也越发好了起来。后来，两个女儿渐渐长大，小芳考上大学，小慧也初中毕业，这个家凭着两口子的精心打理，日渐火了。

人有时候真的很脆弱，天边来一阵风就能把你刮跑了。

去年夏天，二春突然感到恶心，一个劲儿想吐，开头还以为是年轻出河工时落下的肠胃病犯了，就到药店开了一瓶消炎药，可吃了好几天，病情没减轻反而更觉得重了。二春决定独自到县医院去查一查，检查结果一出，二春瞬间蒙了，原来他得的不是肠胃炎，是胃癌，而且是晚期！

那天，二春咬着牙赶回家。巧巧见他脸色苍白，关心地问："检查结果咋样啊？"

"没，没什么，普通的炎症……"二春望着巧巧关切的眼神，多么希望检查结果是误诊啊，可医生明确告诉他，一切都无法挽回了。

二春在床上躺了会儿，说吃过饭要到大棚里看看，巧巧也没怎么劝说，收拾好饭让二春吃了，然后眼看着二春出去，自己照旧到外间屋看店去了。

二春来到大棚，因为是夏季，塑料天棚掀起来了，里面刚刚新翻了地，准备种一茬萝卜和白菜，然后接着种越冬的西红柿。他瞅着空荡荡的大棚，胃里一阵剧痛，他不由得蜷缩在地上，豆大的汗珠从额头上滚下来。他知道自己留在这个世界上的时间不多了。他太留恋这个世界，太留恋这个家了。他一只手颤抖着从口袋里掏出手机，打开手机相册，翻出一张全家福。那张照片是过年时特意到镇上照相馆照的。因为小芳要照证件照，于是一家人陪着她去，顺便就照了这张合影照。照片里面巧巧和自己坐在前面，两个女儿站在他们身后，纯洁而清澈的眼神仿佛正在盯着自己，一家人脸上洋溢着幸福的微笑。

"孩子们，永别了，你们要照顾好自己，照顾好你们的妈妈……"二春心想与其慢慢受折磨，让一家人承受痛苦，还不如早点结束。他忍住钻心的疼痛站起来，朝四周看看，想找一条绳子，可竟然没有找到。他暗暗埋怨，真是粗心大意，明明绳子就放在电动三轮车上。于是他跟跟跄跄地跑回家，进到自家院子里，扭头看看，巧巧正站在沿街的窗口旁，有一个满脸大胡子的男人在那里买烟，巧巧正从窗口把一条烟递出去。

二春从口袋里摸索出电动车钥匙，发动起来。他好不容易跨上电动车，可钻心的疼痛让他失去了对车辆的控制，一下就把电动车骑到了大街上。

"砰！"一声巨响把巧巧和那个买烟的都吓了一跳。

电动车被撞飞，二春倒在血泊中，一辆齐头大货车费力地急刹在公路上。

"二春！"巧巧以百米冲刺的速度冲到大街上，二春像一只旧麻包一样软软地倒在地上，鲜血从头部流出来。巧巧感觉胸口被谁狠狠插了一刀子，差点死过去……

那个买烟的大胡子也赶紧过来，他掏出手机，分别拨通了110和120，这时候司机和押车的惊慌失措地从大货车驾驶室里下来了，脸都吓成了土黄色。

凄厉的哭声惊动了街坊四邻。"二春出车祸了！"消息霎时传遍整个郝家庄，在家的男男女女全都来到公路上，大春两口子也赶来了。

见大春两口子到了跟前，巧巧放下心中芥蒂，连声跟他们哭诉，"哥，嫂，快看看你们可怜的兄弟吧，他让车撞死了，你们可要替我们娘儿仨主持公道啊！"接着又趴到二春身上哭道："春儿，你咋这么狠心啊，撇下我不管了，你让我们娘儿仨可咋活啊！"听着巧巧的哭诉，在场的没有不掉泪的。

大春两口子愤怒地冲上去要打司机和押车的，被站在一旁的大胡子拦下了："已经报警了，责任怎么分还不知道呢，千万不能胡来！"

工夫不大，交警和医生赶到现场，他们判断这是一起严重的违章交通事故，分别找了司机和那个大胡子取证；二春被拉到县医院进行抢救，大胡子自告奋勇陪着巧巧和大春一块儿去医院，可人已经当场死亡，根本不用抢救，直接转到太平间了。

……

日子一天天过去，转眼二春已经去了3个月了。经过交警调查，给大货车一方定了交通事故的主要责任。按照国家有关法律规定，巧巧最终获得保险公司80万元赔偿金。

钱很快打到新开的银行卡里，巧巧签字领回来了。盯着那张小卡片，巧巧的眼泪又簌簌地流下来。丈夫就这样活生生地离开了，以后家里一切都落在自己肩膀上。"二春，你好狠的心，撇下我孤零零在世上；虽说留下这笔财产，可人比财产宝贵多了，幸福是钱买不来的。"她用手抚摸着二春的遗像，那里面的二春那么安详，冲她微笑着，仿佛正在说悄悄话，他似乎殷勤地叮嘱她要保重，把两个未成年的孩子养大。在晶莹的泪光里，巧巧咬着牙点点头，好像对二春做了郑重的承诺。

咚咚咚，耳边传来敲门声。

巧巧擦干眼泪推门看时，大春和老婆正站在外面，脸上露着奇怪的神色。

"大哥、大嫂，快进屋吧。"

两个人尾随进来，在沙发上坐下。大嫂先开口了："她婶子，你不要再伤心，把身子养好，不看大人也要看孩子啊！这阵子为了二春的事，可把你哥累坏了，他里里外外照应着，求爷爷告奶奶好不容易把事情办妥了。听说，今天保险公司把钱赔下来了？"

巧巧含着泪点点头。

"既然这样，亲兄弟明算账，这次为处理二春的事情，我请客送礼的垫了不少钱，算下来有五六万吧？你看，这是单据和记账的本子……"说完，大春递过一个记录本和一沓子收据。

巧巧明白了他们的来意。她皱着眉想了想，转身从里间屋的抽屉里取出一个旧信封，抖落出一张泛黄的收据，强忍悲痛说："哥、嫂，你俩刚才说过，亲兄弟明算账。你们看这张欠条，是分家那年你们亲手打的，上面还有支书的签字呢，有10万吧？这钱我和二春一直没去跟你们要，今天既然说到处理二春的后事，这也应该算吧？哥，二春是你的亲弟弟，处理他的后事你有义务，你替他花钱我感激不尽。可是，这账也得算吧？我和两个孩子商量过，你们为处理二春的事情花了五六万，我把这张10万的欠条还给你们，咱们就算两清了，过去的事情谁也甭再提，今后咱们谁也不欠谁的。"

"这……"大春两口子互相对视一眼，大春的嘴角剧烈地抽动了一下，大春老婆的脸上像结了一层霜。大春毕竟是个男的，他从巧巧手里接过那张欠条，起身道："还是弟妹通情达理，欠条我们这就拿回去，咱们的账从此一笔勾销，谁也不欠谁的。弟妹，今后你要保重。二春虽然走了，你得带着孩子们好好过日子啊。"他边说边往外走，顺手拽起愣在原地的老婆。

把大春送走，巧巧长长地舒了一口气。

转眼快到清明节了，巧巧打算给二春立块碑。多方打听，她得知离郝家庄八里路有个庆丰刻碑场。那天上午，她骑着新买的电动车赶过去。

当她见到刻碑场的张庆丰时，不由愣住了，原来就是二春出事那天买烟的大胡子。

听大春说，后来处理二春的交通事故时，张庆丰作为目击证人，帮着说了不少好话，巧巧一直想找机会上门表示感谢，没想到这次来刻碑，正好遇见他，便主动上前说了许多感激的话。

张庆丰身材魁梧，宽阔的脸上长着大胡子，一双蒲扇一般的大粗手，是常年抡锤头刻碑留下的印迹。他话不多，听着巧巧的诉说，只顾低头憨憨地笑着。巧巧恍惚觉得，眼前这个人说不清哪儿有几分像二春呢。

庆丰刻碑场有个老大的院子，在离村庄一里多路的地方，紧挨着乡村公路，出进很方便。院墙一人多高，修着高大的门楼子，上面安着白铁打制的大门。巧巧从一溜石碑中间走过，来到最里边办公室兼卧室的三间红瓦房中坐下。她看着四周凌乱摆放的家具，扔得到处都是的刻碑工具，便问："他伯，这里就你一个人啊？"

"还有小哑巴，叫石头。他是个孤儿，从小跟着我长大。别看不会说话，人机灵着呢，他现在帮我提货去了。"

"哦，咋不见嫂子？"巧巧好奇地问。

这句话好像戳中了张庆丰的痛处，脸一下红了，额头上的青筋暴出来。许久，他才淡淡地回答："早死了。"

巧巧赶紧把话题转到刻碑的事情上来。张庆丰听她说完，拿起桌上的毛笔帮她撰写了一篇碑文，巧巧一看，不禁赞叹："他伯，没想到你毛笔字这么好，写的碑文也挺好。"

"以前刻碑要用毛笔把碑文直接写上，字不好不行啊。现在好了，电脑能把字打出来，更标准了。"

张庆丰边说边提起一桶水，顺便拿个刷子，带她出去挑选石碑式样。

外面春寒料峭，巧巧忙戴上羽绒服的帽子。张庆丰身体好，他毫不在乎，一边一块块翻看靠墙放着的大理石碑，一边征询巧巧的意见。最终挑了个最大的。张庆丰拿刷子蘸水刷着石面，一边仔细查看，确定这块碑没有问题，就从兜里掏出铅笔画上一道记号。在外面待久了，张庆丰嘴里呼出的热气凝结在胡子、眉毛、前额的头发上，也起了一层白白的霜。见到这情景，巧巧脑海里猛然间闪过二春的影子，仿佛又和她面对面站着，共度那段难忘的艰苦岁月。想着想着，巧巧眼睛里又湿润起来。

付账时，巧巧故意多留下200元钱，让张庆丰买烟，可他说什么也不肯要："大妹子，大兄弟没了，你还带着俩孩子，怪不容易的，我哪能多要你的钱哩！"

两个人拉锯般推让着，手不小心握在一起，巧巧的脸唰地红了。

张庆丰倒没在意，把多余的钱硬生生地塞进巧巧手里。这时，石头提货回来了，他进来招呼张庆丰卸车，巧巧赶紧离开了。

打那以后，巧巧又找过张庆丰好几次，每次不是带水果，就是带别的吃的，她愿意听张庆丰说话，也愿意把自己不顺心的事告诉他。

"他伯，你知道吗？今天老大家的大儿子大庆来找我借钱，他说最近要买辆汽车出去跑货运，手里的钱不够，他张口就借10万呢。这可咋办啊？"巧巧眼睛红红的。

"怎么办？你愿借还是不愿借？"张庆丰让巧巧自己拿主意。

巧巧就把过去大春的事情说了一遍。

张庆丰一听就明白了，帮她出主意说："你就说钱让娘家人借去盖房子了。"

"他伯，我娘家已经没人了，有个姐姐嫁到外地，外甥们都在大城市工作，条件挺好，说他们借钱大庆根本不会相信的。"

"他再不相信也不至于明抢吧？！"张庆丰一边往碑上涂着油漆，一边气呼呼地说。

下次再来的时候，巧巧又说："老大家二儿子二庆也来了，说在城里买了房子，急等钱装修，张口也要借10万。"

"你就还跟他说，钱借出去了，不在手里。"张庆丰一边舞动铁锤钢钎錾着石头，一边气鼓鼓地说。

清明节眼看就要到了，石碑要运回村里，安放在二春坟旁。巧巧回家去请大春操持，大春说，他这阵子有事，让巧巧自己看着办。巧巧就去村里找其他人帮忙，可满村子的人远远地只要看见她，就像躲瘟疫一样躲起来。没办法，她只好去找两个侄子，讲了半天的大道理，哥儿俩好歹来了，不过提出条件，就是要请30个人，摆3大桌宴席。为了办好立碑的事，巧巧咬牙答应了。

立碑那天，张庆丰和石头把碑送到二春的坟边儿上，只见大庆二庆招呼了不少人把碑立起来，然后又是烧纸又是上香的，事情果然办得十分排场。立完碑，他们在巧巧家的院子里摆了满满3大桌，吃着饭店里预定的酒菜。酒酣耳热的时候，两个侄子突然来到巧巧跟前，齐刷刷跪下，张口就喊妈，还说巧巧不答应他们就不起来。巧巧不知道哥儿俩要搞什么名堂，一时拿不定主意。还是喝得半醉的老憨头说话了：他俩认你做妈，为的就是将来继承二春的家业哩。巧巧这才明白，于是理了理蓬乱的头发，神情坚毅地说：“好孩子，你俩今后只要好好待婶子和你两个妹妹，婶子就把你们当亲生的看待。可是二春的家业，国家有法律，将来由你两个妹妹继承，你们谁也不要多费心思啦！”一句话出口，伤了两个侄子的心，他们呼地站起身，借着酒劲儿，哗啦把饭桌子掀了个底朝天，东西摔得稀巴烂，然后骂骂咧咧扬长而去。

巧巧伤心地哭了整整两天。看来，郝家庄是待不下去了，这可怎么办啊？想来想去，巧巧脑子里突然蹦出两个字：改嫁！

可这两个字闪出来，巧巧心里就像打翻了五味瓶。

难道这么快就忘记二春对自己的那份感情了吗？结婚前，二春骑着摩托车载着她满世界风光，有次他俩来到一片齐胸高的玉米地里，就在那里，她把自己的第一次献给了二春，二春从此成了她生命的支柱。而在二春眼里，她闫巧巧就跟块宝一样，两个女儿打小都有点儿嫉妒妈妈，因为爸爸的眼光落在妈妈身上的时候远比落在她们身上的时候多，爸爸从田野里摘回带露水的鲜花，第一朵总要先插在妈妈的发髻上……二春是那么爱她，难道才去了不到一年，自己就寻思着要改嫁吗？她真是一个无情无义的人吗？巧巧常常拿着二春的照片，反复摩挲，有时候夜里睡着睡着梦见二春，突然就哭醒了。

到底应该怎么办？嫁还是不嫁？如果不嫁，自己能逃脱大春一家的反复纠缠吗？

正在犹豫不决时，巧巧的大姐来探望她了。瞅着妹妹的黑眼圈和消瘦的面容，大姐劝她到城市里打工，离开郝家庄，然后再找个像二春一样知冷知热的人。开始她有些心动，但是看看自己的房子，还有商店，再到地里看看荒废的塑料大棚，20多年啊，这里的一切太熟悉了，到处都带着她刻骨铭心的回忆，让她离开，一时间怎能割舍得下呀！

俗话说"有钱了贼都惦记"。这不，郝家庄两个中年丧妻的光棍子也来巴结巧巧了。一天早上，巧巧的小百货店刚开门，村里一个50多岁的光棍就上门，说要好好侍候她，被她当场拒绝。下半晌，邻居家的老婶子颤巍巍地来拉家常，没聊几句就透了底，原来是村里另一个60多岁的老光棍托她提亲，还顺便捎来500元钱红包，说权当见面礼，巧巧连看都没看也当场回绝了。巧巧知道，这两个老光棍都是为钱来的。

可没过3天，俩老光棍一起搭伙来找巧巧，齐声哀求巧巧放他们一马。巧巧没明白啥意思。两个老光棍开始哭诉自己的遭遇，原来他俩提亲的事儿不知被谁漏了风，大春带着大庆、二庆打上门去了。那个60多岁的老光棍捂着腮帮子说，假牙被大春打掉了；另一个摸着屁股说，多亏跑得快，只是屁股挨了大庆、二庆各一脚，别处没受伤。最后两个人指天发誓，谁要再打巧巧半点儿主意，天打五雷轰，只求巧巧在大春和孩子们面前说上句好话，以后不要再找麻烦啦。

听了这番话，巧巧气得脸上白一阵红一阵的，心想，你们越是拦着我就偏要嫁！

生气归生气，可会咬人的狗大家都怕，大春爷儿仨这么一折腾，哪个还敢来呢？

巧巧忽然想起一个人，这些天自己对张庆丰挺有好感，不如去找他拉拉，看他有没有这想法，敢不敢娶她。

说去就去，巧巧打扮一番，顺手提上一箱纯牛奶，骑电动车就奔庆丰刻碑厂去了。

来到白铁大门前，停车推门时，巧巧又犹豫了：自己这么冒昧，人家张庆丰肯答应吗？

正当巧巧犹豫不决、进退两难时，张庆丰从门缝里探出头来："哟，我说外面有动静，原来是大妹子，你在外面逛什么，快进屋坐坐吧。"

这里的一切巧巧都已经熟悉了。她把牛奶放在地上，搬把凳子坐下，张庆丰感激地望着她。

"大妹子，你以后来就来吧，不许带东西，我这里啥都不缺。"

"大哥，你这里除了石头这个孩子，就是些刻碑的玩意儿，还真缺样东西哩。"巧巧今天换了个新称呼。

"缺啥东西？"张庆丰不解地问。

"还缺个女掌柜的。"巧巧低下头。

"嗨，我都五十好几、土埋到胸口的人了，还要啥女掌柜的。再说，我们爷儿俩过惯了。"

"大哥，你真的从来没想过再娶个媳妇吗？"巧巧目光灼灼地盯着张庆丰。

张庆丰颏上的大胡子抖了一下，停了好长一会儿，才缓缓地说："妹子，你是个好人。不瞒你说，我年轻那会儿的确有个老婆，模样也挺俊的。那些年我外出打工，在一家采石场工作。有次上山采石头遇到山体滑坡，把我的下半身压住了。还好，很快被人救出来，住院治疗了一段时间，命算保住了。不过，打那次事故后，我下面丧失了能力。老婆受不了煎熬，没多久跟着别人跑了。从那以后，我再没动过结婚的念想。"张庆丰把头埋进粗大的手掌里，反复揉搓着。

"像我这样的废人，哪个女的乐意跟啊，即便乐意跟那也是活受罪。后来，我到孤儿院领养了小石头，我们爷儿俩一直过到现在，都习惯了。"张庆丰把憋在心底的话吐出来，后面的语气反倒轻松了许多。

"大哥，你只要不嫌弃，我乐意跟……"巧巧大声而肯定地说。

"妹子，这关系到你下半辈子的幸福，可不能乱说。"张庆丰瞅她一眼，接着说，"二春哥哥那家人，狼性着哩。你迟早要嫁人的，不能再在郝家庄待下去了，应该找个合适的人家远走高飞。"

"大哥，我认准你了。你是好人，我不在乎别的。我嫁人就为找个依靠，跟他们斗到底。都啥年代了，他们难道不怕国法，敢吃了我？"

张庆丰陷入沉默。最后下决心似的说："妹子，既然你有这份胆量，我就先帮你从郝家庄解脱出来再说。至于以后你要嫁给别人，哥我绝不拦着。"

"不！大哥，我认定你就不会想三想四的。不过，我要坐山招夫，结婚后继续留在郝家庄，哪里也不去！"

"为啥？"张庆丰不解地望着她。

"你越是害怕，他们就越欺负，哪怕跑到天边他们照样能找到你。咱们挺着腰杆子做人，怕什么！就在他们眼皮底下过日子，看他们能怎么样！"巧巧骨子里不是个软弱的女人，一席话说得张庆丰连连点头。

回到郝家庄，巧巧把准备嫁人的消息传出去，顿时引起了轩然大波。

大春请村里年长的几位老太太过来劝巧巧回心转意，不要出嫁，被巧巧一一挡了回去。

大春又到大队支书那里去理论，说这事村委该管管。大队支书为难地说："闫巧巧和张庆丰都是自由身，一个愿娶，一个愿嫁，合理合法，村委管不着。"

最后见巧巧不松口，大春就和老婆直接找上门，说巧巧如果从村里嫁出去，房子就让两个儿子继承，否则甭想改嫁。

巧巧挺着胸脯说："他伯，他大娘，你们听好了，结婚后我和庆丰还住这儿，家里所有东西没别人的份儿！"

两口子一听，悻悻地走了。

结婚的日子越来越近。结婚前两天，巧巧和张庆丰到县城拍了婚纱照，张庆丰给巧巧买了一身新衣服，顺便洗洗澡把胡子剃了。瞅着那张变得光滑的脸，巧巧的眼睛都笑弯了。张庆丰说，结婚那天，自己雇上锣鼓队一起到郝家庄，也准备请两桌客人热闹热闹。巧巧说，我听你的，仪式越简单越好。

两个人挽着胳膊回来，却仍旧各住各家。

谁知，第二天天还没亮，小哑巴石头急匆匆赶过来，敲开巧巧家的门，拽着她就往外走，一边拽一边嗷嗷地哭着。巧巧听不明白，反正知道一定出事了，赶紧骑电动车载着石头直奔刻碑场。

到了刻碑场，眼前的情景把巧巧吓了一跳，只见刻碑场大门敞开着，张庆丰直挺挺躺在地上，左手拿着钢钎，右手擎着铁锤，上面还带着斑斑血迹。巧巧赶紧打电话报警，又叫救护车。她轻轻俯下身呼唤着张庆丰的名字，叫了半天也不见答应，吓得她一下子瘫坐在地上，泪珠子啪啪地滚下来。

　　警察、医护人员很快赶来。警察在现场拍了照片，医护人员翻开眼皮检查，用听诊器一听还有心跳，赶紧抬上救护车，拉着张庆丰和巧巧飞快地走了。

　　路上，巧巧使劲掰张庆丰的手指，想把铁锤钢钎取下来，无奈张庆丰两只粗手紧紧攥着，怎么也掰不开。

　　一天后，经过抢救，张庆丰终于睁开眼睛，他第一眼就看见巧巧那两只红通通的眼睛。巧巧激动得流着泪，连声说："哥，是我把你害了。"张庆丰伸出一只粗糙的手，一边给巧巧擦眼泪，一边露出笑："狼要咬人，可这次碰到了猎手……"

　　原来，那天天刚麻麻亮，大春带着大庆、二庆去找张庆丰算账。他们撞开大门闯进去。大春恶狠狠地说："你一个刻碑的，充什么三头六臂，竟敢欺负到郝家庄人的头上，不想活啦！"

　　"我和巧巧情投意合，我们自愿结婚，受法律保护，你们谁也管不着！"张庆丰站在石碑上狮子般吼叫着。

　　三个人挥拳饿狼一样扑过去。

　　小石头上去阻拦，被大春一拳打倒在地。

　　大庆、二庆猛扑上去，被张庆丰一手抡铁锤，一手舞钢钎，一个拍到鼻子上，一个扎在胳膊上，疼得俩人龇牙咧嘴地号叫。可是，打斗中大春瞅准了破绽，脸红筋胀地冲过去，使出全身力气冲着张庆丰的裆部狠狠踢了一脚，"哎呀！"张庆丰后退几步，扑通仰面倒地，昏死过去。

小石头吓得拼命从院子里跑出去，边跑边哇哇哇地哭喊。父子三人见张庆丰咬牙倒地，也慌了手脚，出门作鸟兽散。

一个月后的一天，张庆丰急匆匆地从医院出来，叫了一辆出租车，他要到郝家庄去找巧巧。巧巧昨天下午刚回去，今天还没有来。

张庆丰一路往回赶，一路纳着闷。自己原本就受过伤，这次又意外被踢了一脚，原想应该彻底报废了，可万万没料到，经过治疗，功能居然奇迹般恢复了，而且两万元医疗费经派出所判定，一分不少都由大春家掏的。现在大春和他两个儿子正关押在看守所里，大庆的鼻子上粘着胶布，二庆的胳膊上还缠着绷带呢。

昨天晚上，张庆丰做了个梦，朦胧中，巧巧张开双臂朝他拥抱过来，张庆丰的下面突然勃起了。

出院前，医院的老中医一面给他做身体检查，一面摇着头啧啧称奇。这一脚真是空前绝后啊，正好踢在会阴穴上，引起了强烈刺激，似乎无意间打开了一道关闭已久的闸门，让原本丧失的性功能神奇地恢复了。

"真他妈邪了门儿了！"出租车上，这个老实巴交的刻碑男人嘿嘿地笑出声来。

2022年3月19日

见习记者

现在的县电视台已经改称融媒体中心，留在徒骇河东的那幢办公楼，3年前也被当作县医院查体中心使用了。我清楚地记得，这幢办公楼是在原先那排平房位置上建起来的，至今已有近30年。可每当我路过它时，心中总生出一种难以言喻的痛。

30年前，我刚满20岁，是村里唯一一名高中毕业生。我没考上大学，回村又干不惯地里的农活，父亲只得央求村主任在石楼乡政府谋了个临时工的差使。那段时间，我每天都跟着乡领导下村，跑前跑后拍照、写信息报道，后来还给秘书代笔写讲话稿，很受赏识。

一天早上，我才到办公室，就被马乡长叫过去。他态度非常和蔼，指着沾了不少灰尘的沙发让我坐下，然后语气和缓地说："小刘啊，你工作干得不错。正好有这么个机会，咱县电视台准备招聘一名见习记者，见习期半年，考察合格就正式签聘用合同。我觉得你挺能写，人又勤快，就向县电视台张台长推荐了你。不知道你自己同意不同意？"

"有这样的好事！当然同意！"我异常激动，噌的一下站起身，连声向马乡长道谢。

"不用谢，不用谢。你赶紧准备准备，拿着乡里开的介绍信，明天就去县电视台报到。"

"好嘞！"我答应着，转身飞出了乡长办公室。马乡长追出门连声叮嘱："到那里一定要好好干！"

"知道了！"

我怀揣介绍信骑车回家，路上不时来个漂亮的大撒把，张开的双臂就像即将奋飞的雏鹰翅膀一样。

回村后我赶紧把喜讯告诉发小"偏头"（他因在襁褓中后脑勺睡得有些偏侧，所以得了这绰号）。"偏头"上完初中就辍学了，跟着父亲赶集卖青菜。那时我们只要一有空闲就聚一块儿，几乎无话不谈。听了喜讯，"偏头"高兴地张罗请客，我说："不急，等将来成功了再请不迟。""偏头"打趣道："强子，真成正式工，就该你请俺啦。"

待我回家把喜讯告诉父母，母亲高兴得直抹眼泪。晚上把邻村的姐姐和姐夫喊来，一块儿吃个团圆饭。

母亲边吃边说："这回俺强子算熬出头了。咱得知恩图报，改天买点儿东西感谢感谢马乡长。"

不等母亲说完，父亲就用胳膊肘捣了她一下，大声道："说啥呢！马乡长为人谁不知道，他可是出了名的大清官，稀罕你那点儿东西？"

母亲说："那咱也不能蒙人家这么大情面啊，总得……"

我插话说："哎呀，行了，娘！人家马乡长是看我干得好才肯推荐的。到了县电视台，我好好干，不给他老人家丢脸就是了，您就甭瞎操心了。"

姐姐和姐夫也在一旁劝慰："这阵儿强子在乡里进步很大，人家电视台一定会相中留下他的，您就别担心啦！"

母亲叹口气，终于不再说什么了。

一家人送我到村口，姐姐给我一本新买的《现代汉语词典》，说："拿着吧，今后兴许用得上。"

告别家人，姐夫和我一人一辆自行车，带着被子、暖瓶等行李来到县电视台。

那时的县城和现在大不同，徒骇河西边还没有被开发，所有的机关企事业单位都驻在河东。县电视台办公室是一溜红砖瓦房，四周围着一圈绿油油的农田，院子里只有一座电视信号塔高高耸立着，晚上塔顶上红色信号灯一闪一闪的，突显出这里的与众不同。办公室南边有三排家属房，最靠近办公室那排不带小院，一共五间房，西边两间是单职工宿舍，东边两间是单位食堂，而中间却是一个家电维修部，里面经常坐着一位带着大眼镜头发花白的老师傅。

尽管条件如此简陋，但丝毫挡不住我内心的激动。在台长办公室，我见到了张台长，他胖胖的，因为天气炎热，所以手里摇着一把唐宫仕女折扇。他头靠在高背椅上，正闭目养神，嘴里哼唱着现代京剧，一只胖手上下不停地敲打着桌面伴奏。我们推门进去时，他脸上闪出不快，但看了乡政府开的介绍信，终于挂上微笑，说道："原来是老马推荐的。嗯，这么快就来报到了，很好。"他快速拿起桌上的电话，拨了个号，粗门大嗓地把办公室吴主任叫过来。

吴主任一溜烟跑来："台长，有什么吩咐？"

"哦，这位是刘焕强同志，昨天跟你提过的，今天来报到了。先帮他安顿宿舍。然后领他到一组实习，顺便跟周组长说，年轻人要好好培养。"

我恭敬地从台长办公室退出来，正要走时，一辆白色广州标致牌汽车飞速驶进院子，然后缓缓停在台长办公室门前，一胖一瘦两个人下来。胖子满脸红光，手上戴着一枚硕大的金戒指，提着黑色提包；瘦子是个青年，四方脸，乌黑卷曲的头发，脚上一双锃亮的三接头皮鞋。两个人一进去，张台长马上从椅子上弹起来，而且高声叫住吴主任。吴主任只得撇下我，转身回去。

我和姐夫在院子里等候。这时有几位年轻漂亮的女孩子从身旁走过，携来一缕香风。姐夫眼尖，一下认出县电视台的女主播李春桃。他冲我递个眼色，小声嘀咕："强子，快看，李春桃！今天可见到真人了，比电视上还漂亮。"

也许是姐夫声音大了，快要进屋时，李春桃忽然朝这边瞥了一眼，我顿时觉得好像平地里打了一个闪，脸唰地红了，慌忙低下头去。

时间不长，吴主任领着瘦子出来，笑嘻嘻地说："小刘，互相认识一下，王自若，刘焕强，你们俩都是一块儿过来实习的。"

我赶紧伸出手去："幸会幸会。"王自若面无表情地跟我握了一下，同样说道："幸会幸会。"

吴主任领着我们去新闻组报到，说是先报到后安排住宿。那时县电视台新闻组有两个，一个农村组，一个城市组，通常称为新闻一组和新闻二组。我分在一组，王自若分在二组。

周组长知道我还没有住下，交代完工作马上就领着我去找吴主任，让他安排宿舍。

吴主任领我到最边上那间宿舍，里面就两张空床，一张桌子，一把椅子，头顶上还有一盏40瓦的白炽灯。

"小刘，这是宿舍钥匙，一张床是你的，另一张是王自若的。不过，他说家离得近，除非刮风下雨，一般不住。你就自己收拾收拾吧。"

送走吴主任，姐夫担心地瞅我一眼："强子，我咋觉得这帮人净是些势利眼啊，你以后可得加倍小心。"

我笑着对姐夫说："哥，你多心了，他们不都挺热情的吗？你回去跟爹娘说，让他们放心，我会注意的。"

姐夫吃完午饭匆匆走了。

接下来的日子就一个字：忙！

我所在的新闻一组，主要负责全县农村区域的新闻报道。一般情况下，哪个乡镇有比较重要的新闻，或者哪位县领导、哪个部门要到乡镇开展重要活动，我们组就会派记者跟随。那时候专业记者很少，说起来都是半路出家的，我们组就周组长属于科班出身。每次外出，他总是亲自带我，我认真看他怎样拍照，怎样录像，怎样撰写新闻报道。周组长不愧专业出身，他样样在行，而且十分敬业，我跟着他学会不少新闻采编方面的知识。

一个月后，他见我已摸着门道，有时也让我上手拍照、录像或者写新闻稿，而他只在旁边指导。但我总觉得周组长要求有些近乎苛刻，比如采访镜头，他要求只拍到被采访人物衣服上第二个纽扣位置，露得不能太多，也不能太少。因镜头切换频繁，我有时竟忽略了这个，因此没少挨批评。可我知道，他严格要求自然都是为我好。

也偶有得到表扬的时候，那是因为拍的新闻获了个什么奖或者给他争了脸儿。每逢表扬，他定会带上我们几个单身汉出去撮一顿，偶尔也会叫上李春桃等几位女同事。这样一来二去，我跟电视台的人逐渐熟络了。

每次聚餐，我只是带着耳朵听，极少发言，而一些小道消息，正是茶余饭后听来的。

比如张台长兼任着县广电局副局长，他老丈人原任县人事局局长。张台长年轻时很落魄，但老丈人看他一表人才，就把自己娇生惯养的女儿"下嫁"给他。由于门不当户不对，老婆在家很强势。据说数落起张台长的狠话一套一套，不带重样的。张台长爱听现代京剧，特别迷恋县京剧团当家花旦"小翠仙"，多次想私下会会，可慑于老婆的"淫威"，一直没敢行动。

再比如王自若虽家在农村，但姐夫梁怀德却是县个体窑厂的老板——原先就是街面上一个小混混，专爱偷鸡摸狗、打架斗殴，人送外号"梁疯子"，现在靠倒腾建材成了本县响当当的暴发户。为充门面，他把高中刚毕业的小舅子弄到窑厂帮自己搞经营，不长时间发现小舅子受姐姐委托，处处监视自己，觉得挺不自在的，就跑关系把他送到县电视台当见习记者。那天送王自若的，正是"梁疯子"。

还有县电视台家电维修部的李师傅其实是李春桃的父亲。李春桃父母都是部队转业人员，被安排到县商业总公司百货大楼上班，母亲是售货员，父亲曾经担任百货大楼家电维修部经理。后来，家电维修部搞承包经营试点，李师傅在竞争中没有获胜，一气之下想辞职下海，被同事和家人苦苦劝住了。后来，李春桃帮他在县电视台弄了间房子，经百货大楼领导同意，成立了第二家电维修部，才算暂时安定下来。

这些杂七杂八的小道消息，我根本没往心里去。每天忙忙碌碌，白天跟着周组长去采访，晚上加班写稿子。回到宿舍，就捧起《现代汉语词典》从头到尾一字不落地翻看。那段日子我天天跟词典较劲，恨不得把每个字、每个词都塞进脑袋里面去。功夫不负有心人，两个月下来，我保持了采访报道零失误。在县电视台一次工作例会上，张台长还口头表扬了我。

一天上午，刚采访回来，正准备写稿子，忽然办公室喊我接电话，原来是姐姐。她急切地说，娘病了，让我赶紧回家一趟。

谁知，刚进家门，母亲和姐姐笑吟吟地迎出来。原来母亲根本没病，看样子是故意骗我回来的。

"娘，您好好的，干吗让姐骗我？"

姐一听不乐意了："强子，你一去电视台俩月，连个电话都不打，咱爹咱娘可惦记你了，叫你回来趟不行吗？"

"姐，不是不行。这不工作忙嘛！我刚去，业务还不熟悉，所以……"

母亲坐在旁边椅子上，一个劲儿瞅着我："回来就好，回来就好。人挺精神，就是瘦了。娘有个事儿要告诉你。"

"啥事？"

"强子，小时候给你定的那门娃娃亲还记得不？杨家庄你连喜叔家的二妮。"

"记得，但那个不算数。"我忽然记起来了，在六岁那年，由双方父母做主，给定了一门亲事，女方是邻村杨家庄杨连喜的二女儿，大家都管她叫杨二妮。

　　"算数！又没跟人家说散，怎么不算数？"母亲接着说，"这些年二妮不上学，一直跟她爹赶集卖洋布，日子过得可好了，听说家里都买上三轮摩托了。"

　　"她家日子好，跟我有啥关系？"

　　见我嘴噘得老高，姐姐打趣道："强子，将来你要娶了杨二妮，说不定不要彩礼不说，还能白得一大笔陪嫁呢。"

　　"不稀罕！"

　　母亲瞪了姐姐一眼，接着说："强子，你杨叔听说你到县电视台当见习记者了，担心二妮的婚事，就托当年的媒人上门来催着订婚，你说说，你咋想的？"

　　"我咋想？您和爹让我做回主行吗？"我鼓足勇气说。

　　"这是你的终身大事，俺和你爹当然要听听你的主意。"

　　"那好，我希望把亲退了！"

　　"为啥？"

　　"我和杨二妮根本不认识，又没谈过恋爱，我们俩没感情。没有爱情的婚姻是不道德的！"

　　"当年，俺和你爹也是……"

　　"娘，那都是当年的老皇历了，时代不同了，我自己的婚事我自己做主！再说，咱村那么多小青年，不都没定什么娃娃亲吗？"

　　"那是他们找不着！你甭乱攀扯别人，就说你想咋样吧。"

　　"娘，这事您和爹甭管了，赶明儿我给她写封信，把亲退了！"

"小兔崽子，反了天了！"原来我们说话时，父亲一直坐在里间屋偷听。

他嘭的一下打开门拎着笤帚出来，气呼呼地说："好小子，你翅膀硬了，不认人了！二妮这孩子心眼好着呢，哪点配不上你！告诉你，就算打着灯笼你也找不着这么好的媳妇！"

"谁看着好，谁要呗，反正我不要！"我也来气了。

"还没捞着吃公家饭呢，就想当陈世美！气死我算了！"父亲气得脸煞白，一边抢起笤帚用力打我，一边大声斥责。

姐姐护着我的头，反身夺父亲手里的笤帚，一边大声喊："强子，还不快跑，爹真生气了！"

我当时气也不打一处来，出去推起自行车头也不回就往外走，后面传来父亲的吼声："有种，你小子今后甭回来！"

晚上回到宿舍，我翻来覆去睡不着。从小到大，父亲从来没有像今天这样严厉斥责我。我心中十分委屈，竟然伤心到落泪。

第二天天不亮，姐姐和姐夫就赶过来，捎了一大罐鸡汤，还有我最爱吃的煎饼。

"你昨天回去饭也没吃就走了，娘气得直哭，劝了半天才止住。她惦记你，让我们来看看。"姐夫憨厚地笑着。

姐姐悄悄问我："强子，跟姐说实话，你姐夫说你坚决要跟二妮退亲，八成是看上电视台李春桃了，有这事吗？咱可不能这山望着那山高，当陈世美啊！”

“姐，没有的事！这哪儿跟哪儿啊！”我一骨碌爬起来，瞪圆了眼珠子。

“嘿，还真有心上人了，要不然咋急成这样？”姐姐半开玩笑半挖苦道。

我无言以对。

过了一阵儿，姐姐叹口气说：“强子，看来你铁了心要退亲，那就快刀斩乱麻，赶紧给句痛快话，免得耽误二妮，女孩子岁数大了可不好找啊！”

“我知道怎么做。”

“你啊，一点儿不了解农村小伙儿找媳妇难的苦处。再说，城里女孩儿有啥好的，从小娇生惯养，哪会伺候人，以后啊，你要找个城里的，就等着受洋罪吧，是吧？”姐姐朝姐夫瞟了一眼。

“我咋没觉出来啊！”姐夫咧着嘴笑着。

姐姐和姐夫走后，我认真理理思路，对自身处境做了个评价：身份还是农民，还没有正式脱离农村，除了写东西，其他几乎什么都不会，现在哪有资格谈恋爱？建立家庭那更是遥不可及的事情。当务之急，也许就是通过个人努力，争取到县电视台正式工那个名额。

至于杨二妮，说实话，我是认识她的。有一次集市上人多碰巧把我挤到她的摊位前，她正忙碌着，皮肤黝黑，瘦瘦的，扯布匹时手脚倒挺麻利。我当时因为害羞，所以只偷看一眼，就转身离开了。从那时候起，我就常常问自己，难道这就是往后跟自己天天做伴的那个人吗？怎么一点儿感觉都没有啊！那时就想退亲了，可回家看到父母劳碌的身影，心却突然软下来，话到嘴边硬生生咽了回去。现在，她们家催着订婚，已经到了该做了断的时刻，必须下决心了。

伏案给杨二妮写信，脑海里却忽然闪出李春桃的影子。自从第一次见面，她就像月亮女神一样闯入我的心扉，占据了那个重要位置。开始还以为是异性相吸使然，可两个月下来，不知怎的，每次采访回来，有事没事总爱上录播间黏糊一阵子，哪怕在门外听听她甜美的声音，心里也觉得是一种莫大的享受。莫非对她已暗生情愫？这也许是毋庸置疑的，尽管那一丝朦胧的爱意如烟似雾，可却像春风吹拂下的小草那样不可遏制地生长起来，仿佛已经能够触摸到它了，痒痒的、毛毛的，像轻纱一般柔软……然而，我跟李春桃几乎没有单独在一起的机会，甚至话也说得很少，印象中她只有一次好像夸过我稿子写得好，念起来很通顺，仅此而已。

我把给杨二妮的信投进绿漆斑驳的邮筒，长长舒了口气，我自信以我的文笔，这封信收到之日，便是我和她亲事解除之时，我心上像搬去一块大石头。那一刻，我想，真的自由了。

正苦于没机会接近李春桃，上天却很快把机会送来了。

一天中午，大家都在午休。我精力充沛，还在宿舍反复打磨一篇新闻稿，忽然闻到一股东西被烧焦后呛人的味道。起身查看，没发现异常，正准备坐下，却感觉焦煳味越来越重了。快步走到院子里，突然发现家电维修部的门窗缝里往外冒黑烟，不好，有情况！我本能地冲过去，隔着窗玻璃，就见一台稳压器着火了，浓烟滚滚，已经冒起明火来了。我那时没多想，回宿舍抄起被子，一脚踹开家电维修部的门，顶着浓烟把被子盖到冒火的地方，非常庆幸，一场火灾就这样免除了……

　　听到声音的人们都起身赶来，有的帮着搬东西，有的忙着去通知李师傅和李春桃。时间不长，他们一前一后赶来了，李师傅骑着自行车，满头冒汗，他看了看现场，转头跟我握手，不停地说："今天孩子过生日，关门回去了一趟，忘了切断电源。记者同志，谢谢你，谢谢你！"李春桃随后也骑着银灰色自行车赶过来了，她也向我表示感谢。望着她红扑扑的脸，我心里暖暖的，嘴上却说："没什么，如果别人遇见也会跟我一样的。"

　　又仔细检查一遍，见没什么隐患，人们都渐渐离开了。我抱起烧焦的被子也准备回去。这时，李春桃走过来，冲我微笑着说："都烧焦了，还能用吗？留下吧，改天我给你做床新的。"见我愣着，她一把将被子夺了过去，扔在地上。

　　几天后，大约是星期六下午，我正在宿舍看闲书，忽然听到敲门声，随口喊道："请进。"

　　一个娇小靓丽的身影推门进来，天啊，李春桃！

她手里拎着个包袱，里面包着一床崭新的棉花被，绣着大红的芙蓉花，好看极了。她轻轻将棉被放在床头，望着直挺挺站在当地的我，笑着说："大记者，你好像不太欢迎我啊！"

"哪里哪里！没想到会是你，快请坐！"

我找到一只茶杯涮了又涮，然后翻了半天，可惜没找到茶叶，只得倒了一杯白开水，送到她手上，接着跟她有话没话地聊起来。我先夸棉被做得好，李春桃却有些不好意思，说这还是头一次做棉被，是妈妈在旁边指导着才勉强做成的，而且针脚也不均匀。聊天中，我发现她跟我一样，也是一名文学爱好者，所以，就顺着文学的话题一路聊下去。那天，为显摆我的"博学"，竟然鼓足勇气背诵了十几页《现代汉语词典》上的内容，使得她露出惊讶的表情。

自那以后，每逢周末，李春桃不管多忙，必定挤出小半天时间到我宿舍，听我天南海北神聊。我渐渐也知道了她的身世。她父母曾经在新疆边防部队参军，父亲当过通信兵，擅长维修电器，母亲识字不多，一直在部队后勤部门上班。她上面还有两个姐姐，都已参加工作并建立了家庭。现在家里只剩父母和她三口人。

我们有聊不完的话题。有时聊的时间一长，不知不觉就到饭点了，我提出请客，她挺爽快，从不拒绝。我们就到街上的小吃店吃点儿东西，然后再送她回家。那时已到深秋，她最爱吃砂锅，比如砂锅豆腐、砂锅小鱼什么的。我至今还记得我们俩挤在一张小桌旁，吃着热气腾腾的砂锅的情景。她那样一位斯文漂亮的女孩子，竟然吃得脸上冒汗，刘海黏到额头上。"金童玉女。"有人在窃窃低语。我环顾四周，见不少人正向我投来艳羡的目光。我知道，只要李春桃出现的地方，就会成为一道令人难忘的风景线。

一般情况下，吃完饭我就直接送她回家，不过偶然兴犹未已，她也会邀我一起去逛街，最常去的地方当然是人民公园。有时看她兴致很高，也会邀她骑车去五里地以外的徒骇河大堤游玩。有一次，路过河堤旁一个村子的村口时，突然碰到两个喝了酒的、吊儿郎当的青年。他们四周望望，见大堤上只有我们两个人，顿起歹心，晃晃悠悠地朝我们这边走过来。

"站住，你们是干什么的？"一个嘴上留着一撮儿小胡子的人喊道。

"我们干什么，你管不着！"我一下把李春桃挡在身后，挺直胸脯回应道。

"哎哟喂，吃了豹子胆了。你也不打听打听，有什么事儿哥们儿管不着！"另一个满嘴黑牙的家伙横冲过来。

"你们……你们想干什么？找事吗？"我往后退了一步。

"你小子滚一边儿去，让我们哥儿俩和小姑娘玩玩儿！"小胡子和大黑牙一左一右向我扑来。

我没有打架的习惯，过去在路上碰到别人打架总是绕开走。那天不知道从哪里冒出来的勇气，我竟毫无畏惧地举拳迎上去。

可不会打架的人终究不会打架，刚一个照面，我头上、身上就挨了好几拳，鼻子也被打破了，鲜血一滴滴淌下来。我见了红，胆子一下壮了，一拳打过去，正捣在小胡子的眼睛上，对方顿时成了"乌鸡眼"。

大黑牙见第一轮没讨到什么便宜，嗖地从怀里掏出一把明晃晃的砍西瓜刀就要下狠手。

"站住！你们光天化日下闹事，难道不怕法律制裁吗？"李春桃一下冲到我前面，挡住大黑牙。

大黑牙笑了："呵呵，小妞长得可真俊啊！你只要和我做朋友，我就放了他！实话告诉你，我表哥就是公安局的，我怕鸟法律！"

"哦，你表哥是谁？能告诉我名字吗？我姑父就在派出所当所长，我倒要请他当面问问你表哥，是他允许你们这样做的吗？"李春桃毫不畏惧地说道。

"嘿，看不出你对这小子还挺痴情的，那我就不客气了！"大黑牙急了，摇晃着身子举着刀扑上前来。

我顿时急得两眼发花，这可怎么办啊？

正犹豫间，忽然李春桃向前跨了一步，一伸手扣住大黑牙持刀的手，往外用力一拧，下面一个飞脚，正踹在他的裆部。大黑牙惨叫一声倒在两米外的地上捂着裆打滚，刀也扔出一米多远。小胡子和我都愣住了。还是小胡子反应快，他很快回过神来，忙着去捡刀，这时远处传来警车鸣笛的声音，是夜巡的警察来了。

"快来人啊，抓流氓啊！"李春桃把手拢在嘴边，大声喊着，吓得俩小子连骨碌带爬地逃走了……

"春桃，真没想到，你还会这手。"我凑上前傻笑着。

"我爸妈在新疆驻守边防，那个地方经常有狼出没，所以我们姊妹几个从小就跟部队里一位教散打的阿姨学擒拿格斗，对付一两个小流氓不在话下。"

"你姑父真在派出所当所长吗？"

"骗他们的！这叫'兵不厌诈'，懂吗？"李春桃边说边掏出手帕，帮我擦脸上的汗和血，"你呀，原来也是个'银样镴枪头'！"

我顾不得疼痛，激动得一把抱住她，凑过去吻她额头。她浑身战栗一下，没有反抗，只是轻声说："快回去吧，警察就要来了。"

自从"英雄救美"之后，李春桃和我之间有了一种说不出的特殊默契。

正当我工作顺风顺水之际，王自若却接连发生失误。他先是编稿子时排错了领导的先后次序，再是撰写新闻稿时因弄不清产值、利润的关系闹出了笑话。更有甚者，十二月政协会议召开，分组讨论时有个关键采访，他竟然找错地方耽误了，导致发不出新闻来。几件事下来，气得张台长直拍桌子，那架势简直要提前开除他。

王自若大概也很看重这份工作，面对挫折他没有气馁，而是低声下气地向领导赔不是、说好话，一边也学着我的样子勤奋工作，而且他姐夫有钱，隔三岔五请客，渐渐跟二组的记者们打成了一片。

眼看就到春节了。

有一天姐姐打电话告诉我，说杨二妮要结婚了，新找的对象竟然是"偏头"。真没想到，杨二妮竟然找了我最好的朋友，难道真生我无故退亲的气，决心彻底跟我杠上了？我颇感为难，"偏头"结婚理应马上赶回去，可真要回去又怎么面对二妮呢？想了半天，只得委托姐姐帮忙送去20元贺礼钱，躲在一边默默地为他们祝福了。

接完电话，像丢了什么贵重物品似的，心里怪怪的。这时，周组长匆匆赶来："小刘，有任务，让你和王自若一块儿去县医院采访，快收拾收拾出发！"

经过半年时间锻炼，到这时我和王自若都已经能够独立承担新闻采访任务了，平常我们分在不同组，几乎从不一块儿行动，这次特意安排我们一起去，大概另有深意吧。

任务当前，我管不了那么多了。经过充分准备，我和王自若共同进了县人民医院特护病房。原来病房里住着一位危重病人。

经初步了解得知，这病人是石楼乡宋家庄的，是村木业社的一名木匠。他姓石，从小没爹没娘，被老木匠宋师傅收养长大，并且学了一手好木匠活儿。宋师傅看他有出息，就有意把女儿秀芝许给他。两个人已经订婚，商量着过完年五一举行婚礼。然而天有不测风云，一个月前，石木匠和秀芝一块儿到县肉联厂送家具，刚到车间卸下家具，车间里突然传来呼救声。石木匠想都没想，朝着喊声冲过去。原来，肉联厂屠宰车间后面有个污水处理池，因地面结冰太滑，两名捞食物残渣的女工不小心掉下去了，工人们发现后都过去抢救，只是见池子太深，没人敢下去，而且也不知道怎么施救。石木匠见状，连忙把一条捆家具的绳子盘到肩上，顺着池边焊接的工字梯下去。他一到水里，先游到一名女工跟前，用力托起她的胳膊，把绳子一头拴在她的腰上，一头用力甩到池边，众人接了绳头，快速把那名女工拽上来抢救。这时，在池水里的石木匠突然感到一阵眩晕，浑身乏力，眼看就要沉下去。池边有位老工人发现异常，叫道："不好！池子里有甲烷，快把焊接用的氧气瓶抬过来！"工人们七手八脚把氧气瓶抬来，把氧气管放进池子里，让石木匠抓住，然后打开阀门。石木匠对着阀门猛吸几口，神志清醒了不少，他赶紧游到第二名女工身旁，一面让她吸氧，一面把她拽到工字梯旁，然后在下面推着她让她先往上爬，两个人轮换着吸氧。那名女工大概憋得不行了，抢过氧气管不停地吸，然后猛爬几下，把手举出污水池，被众人一把拉上去，而下面的石木匠却再也坚持不住了，他用尽力气喊了一声"秀芝,我爱你!"就栽进水里。

这时,专业救援队来了,他们一面放下抽水机向外抽水,一面派人下去捞人。最后终于把石木匠捞出来了。

人被送到医院抢救时,什么知觉都没有,只有一点点微弱的心跳。医院从外地聘请了一位专家来诊治。专家看着显示仪器,无奈地说:"只能盼着奇迹出现了。"

经过一个月的紧张救治,病人竟然恢复知觉,脱离了生命危险,而且能够说出话来了。

为弘扬这种见义勇为的精神,县里特意安排电视台做一期专题报道,向社会广泛宣传石木匠奋不顾身舍己救人的先进事迹。县电视台于是安排我和王自若来采访。

我们经允许进了特护病房,只见石木匠躺在病床上,浑身插满各种管子,还戴着氧气罩,凡是裸露在外面的皮肤都呈现出紫红色。

病床一旁,立着一位身量高挑、面容憔悴、目光有些呆滞的姑娘,想来她就是宋秀芝了。

我们轻声问了问石木匠的情况,宋秀芝一一作答。我问道:"秀芝,他醒过来时有没有对你说什么?"

"说了,他第一句话就说他想结婚,他的生活还没开始呢,他……"宋秀芝突然哽咽了,眼泪簌簌地滚下来。

我和王自若每人都拍了很多镜头,回来后领导要求我们分别撰写新闻稿。

稿子写完，为慎重起见，我先送给周组长审阅。周组长看完，红着眼圈儿来找我，他一边把稿子还给我，一边拍着我的肩膀说："兄弟，祝贺你，稿子太棒了，好好干吧！"后来电视台决定采用我写的新闻稿播出。

播完的当天，李春桃眼含热泪来找我，她声音颤抖地说："石木匠的事迹太感人了，念着稿子，我几次想掉眼泪，拼命忍住了。真没想到那稿子是你写的。"

我一边递给她手帕，一边调侃她："我也真没想到，侠女也有柔情的一面啊！"我要上前拥抱她，"没正形！让别人看见！"她调皮地打我一下，躲开了。

临走时，她塞到我手里200元钱，这在当时可是一笔巨款，并悄悄对我说："奖励你的。快过年了，最好买点儿礼品去张台长家坐坐，他吃这个……"

新闻播出后，在社会上激起强烈反响，宋家庄专门派人送来一面锦旗，感谢电视台为他们做宣传报道，石木匠很快被批准成为市里的道德模范，而且领取了政府发放的一笔奖金。

眼看就要放假了，张台长热情地把我叫过去，高兴地说道："小刘，半年来你给台里做了很大贡献，你很优秀，为台里争得了荣誉。快放假了，你先回家，等我们把情况上报局领导，过了年一上班就给你发正式录用通知。"那一刻，我真想把200元钱递到他手中，但不知怎的，竟没有掏出来。

临放假那天，台里上上下下都很忙，也没跟李春桃当面告别，心想，反正过年很快就要见面了，还是先到医院看看石木匠吧，于是就买了点儿礼品去医院。

在医院宽大的走廊上，看到电视里正播放李春桃主播的新闻，正是我写的那篇歌颂石木匠事迹的报道，我站在那儿自我欣赏了半天，心里美滋滋的，我第一次尝到了作为一名新闻工作者的骄傲和自豪。

可是，当我赶到特护病房时，那里却空无一人，难道石木匠这么快就出院了？我赶紧到护士站打听情况，竟然得到一个惊人消息，原来石木匠再次病危，正紧急抢救！

我赶紧跑到急救室，发现围了一圈人，大家脸上分明显出担忧的神情。这些人中，我只认得宋秀芝，就径直跨过去，把礼物递到她手里，急切地问："到底怎么了？人要不要紧？"

宋秀芝抽噎着说："昨天他看了电视上的报道，开心地笑了，可谁也没料到，晚上他竟然拔掉了身上所有的管子……"

"为什么会这样？！"

"医生说，他虽然上半身恢复了知觉，但因为缺氧太厉害，下肢已经完全瘫痪，他大概是不想拖累俺啊……呜呜……"秀芝再也坚持不住，竟然扑到我怀里，号啕大哭起来。我心中涌起巨大的悲伤，默默拥抱着她，任她的眼泪洒在我肩上，我实在找不出合适的语言安慰这个近乎崩溃的姑娘。

春节回家，我一直闷闷不乐。"偏头"也没来找我，因为二妮的缘故，我们俩竟然如此生分了。

节后，父亲委托村主任把马乡长请到家里盛情款待，顺便提起与电视台签合同的事，马乡长那天挺开心，乐呵呵地说："我老马看中的年轻人，错不了，年前县电视台那边说了，孩子挺优秀，过年就能签合同，老哥，你就等着喜事上门吧。"

谁知过了正月十五，李春桃和周组长都打电话到村里，说王自若已经接到通知上班了，让我赶紧问问到底怎么回事。

一家人很着急，父亲当天就到乡里打听，很晚才回来，进门时已经喝得醉醺醺的了。

我的心顿时揪起来。

母亲和姐姐着急地催问，父亲犹豫再三，终于说道："唉，咱家强子，让电视台辞退了！"

父亲的话犹如晴天霹雳，我一下蒙了，恍惚间就觉得天上那个亮晶晶的梦正被撞得粉碎，碎片像羽毛一样纷纷扬扬落了一地。

"老头子，这是为什么，为什么呀？"母亲拖着哭腔。

"是县人大的什么主任发话，让他们辞退咱强子的。说咱强子觉悟不高，行为也不检点，有人还写了揭发信。"

"你没打听打听他怎么觉悟不高，行为怎么不检点了？"

"唉，人大的主任说咱强子写的那篇什么石木匠的报道，思想导向有问题，石木匠在救人后能够活下来，完全是靠着爱情的力量，怎么可能呢？难道石木匠就这点儿觉悟吗？为什么不说他为了实现共产主义伟大理想才坚持活下来呢？新闻报道不能只片面强调感情与人性，而忘了原则和党性。

"还有，有人写匿名信揭发强子看上了电视台一位播音员，叫李什么桃……"

"李春桃！那又怎么样？他们是自由恋爱。"姐姐愤愤地插话。

"为了追李什么桃，他迫不及待地同家里原先定过亲的对象退了亲，而且还到处拈花惹草，去勾引石木匠的未婚妻，导致石木匠气愤自杀……人大的主任说，像强子这样道德败坏的人，怎么配当记者，电视台怎么能聘用？！"

"什么玩意儿！"我暗骂一声，咚！拳头狠狠擂在墙壁上。

我知道，我已经百口莫辩，前途彻底完了！我所能做的，就是像石木匠那样牺牲自己，不连累任何人！

夜里，我不知犹豫了多少次，流下多少眼泪，才强忍悲愤给李春桃写了封绝交信，里面放上了她送我的二百元钱。

信寄出去了，我想李春桃今生再不会主动来找我了。

忘记那天是怎么从邮局回来的，到家后整个人都虚脱了，我从来没有那样绝望过……

我病了，高烧不退，卧床不起。母亲吓坏了，流着泪说："强子，俺的儿，一定要想开！咱斗不过人家，忍忍吧，咱斗不过人家！保重身体要紧，千万不能有个好歹啊！"

几天后，邮递员送来一封信，是李春桃寄的，打开信，纸上只有三个字："你混蛋！！！"

"对，她说的对，我就是个'混蛋'！"我用颤抖的手捧着那封信，吃吃地笑出声来，那样子却把母亲和姐姐都吓坏了。

那封信我一直收藏着，只是后来好长时间没有再去县城，去那个令我无比伤心的地方。我不知多少次偷偷拿出那封信来读。到后来，我又似乎很害怕看到那三个字，因为每次都觉得有一条鞭子正在无情地抽打着我的灵魂。再后来，我把《现代汉语词典》中"混蛋"两个字都抠了出来，把所有见到过的带着那两个字的纸片都投进了火炉里。

病中躺在床上，觉得时而清醒，时而又仿佛在做梦，我忽然发现我的心破了，是被人暗中雇用的那个不认识的大黑牙用刀捅破的，殷红的血汩汩地流出来，流向那无尽的黑暗……我时常在睡梦里惊醒，浑身打着寒战，却又大汗淋漓。

……

时间真是一种奇妙的黏合剂，能够淡化一切心灵的痛苦，弥补一切人生的缺憾。病好后，我再也没有去找宋秀芝，更没有去找李春桃，我甚至一直没讨老婆，孑然一身坚持到今天。我要用实际行动自证清白，我没他们说得那么不堪！

后来，父亲再三央求马乡长，为我谋了一份民办教师的工作，在村里教小学。后来，居然幸运地被转正了。

只是每次领着学生到县城考试，走过那个曾经再熟悉不过的地方时，尽管此时平房已换成楼房，但心仍然会隐隐作痛，而且这痛始终无法消除，我想恐怕世上最好的麻醉剂也奈何不了它。

后来，"偏头"和二妮生意做大了，他们搬离村庄，到大城市过他们的幸福生活去了。

最近一次出差，在县城偶然碰到周组长，他已经退休，头发也变得花白，再没有30年前风风火火的样子。他告诉我，自从我被刷下来后，王自若签了正式合同。他之所以能够签正式合同，其实多亏"梁疯子"四处打点，据说"梁疯子"还一手促成了张台长和"小翠仙"的地下姻缘。不过好景不长，张台长家中那个母老虎得知消息，醋意大发不惜对簿公堂，结果张台长被一撸到底，恢复到先前那种落魄的状况。

"哎，春桃是个好姑娘，你走后，她很快考去省里。手续全部办完临离开县城之前，不知什么原因，她把县人大主任的儿子邀出来，结结实实地揍了一顿，打得那小子鼻青脸肿，一个劲儿跪地求饶。谁也没料到那么斯文的一个女孩子，竟然会功夫。现在听说她在省电视台工作，还住在单身公寓呢。"

"老弟，你不该这么消沉。一个男子汉，偶然被石头绊倒了，就永远趴在那里不起来了吗？难道心甘情愿做一辈子'窝囊废'吗?!"

听了他的话，我全身震悚，莫非他是代表李春桃来专门诘责我的？

　　这次谈话触动很大，我终于彻底醒悟，想重新振作起来了。

　　我想先了却一桩心愿，却也是最大的心愿——再见见李春桃！

　　可是，隔了这么些年，她还愿意见我吗？

　　　　　　　　　　　　　　　　2022年4月30日

红梅图

灾难总在不经意间降临。

那天，吴天明正在画室上课，突然接到电话，师弟汤健有急事拜访，已到家，让他马上回去。

他只得停下讲课，意犹未尽地赶回家。

汤健是导师汤颂先生的儿子。先生就这么一个孩子，爱逾珍宝。

汤颂生前是松江美院国画系主任、教授，一代绘画大家，诗词、绘画、书法、鉴赏各方面造诣精深，特别是画梅技艺独步天下，所画梅花被时人誉为"汤梅"，国内凡有志研习花鸟画的青年学子都想跻身门下，得其亲炙。吴天明22岁那年，有幸被招录成为汤颂的研究生，同师兄元杰、师弟汤健、师妹白云，一起成为先生的入室弟子。汤健那时主攻文物鉴赏，毕业后担任了松江市博物馆的馆长，也算子承父业，如今小有成绩，是业内知名的书画鉴定专家之一。

汤健正在客厅里焦急地等待，见到吴天明就像见到了救命稻草，枯瘦的双手一把抓住他的胳膊，急切地说："天明兄，救命！"

汤健过去总是慢条斯理的，说话有气无力，一副睡眠不足的样子，从未像今天这样着急，吴天明忙问："坐下慢慢说，什么事？"

"《红梅图》！"汤健边说边从公文包里拿出一本画册，翻出《红梅图》递给他。

"《红梅图》！天天做梦都梦见，怎么了？"提起《红梅图》，吴天明心里一惊。

原来，汤颂先生家藏一幅宋代杨无咎的《红梅图》，设色绢本，横一尺，纵二尺七寸，是传世的精品。画家杨无咎，字补之，号清夷长者，今江西省樟树市人，生于公元1091年，殁于公元1169年，享年78岁，跨越南北两宋时期。杨无咎诗词书画无一不精，绘画最擅长墨梅，红梅则极其罕见。汤颂的先祖与杨家有姻亲关系，而且师从杨无咎学过画艺，所以才能得到这幅珍品。这幅画在汤氏家族内世代递藏，汤颂将之看得比性命都珍贵。"文革"期间，为保存这幅传世名画，汤颂东躲西藏，绞尽了脑汁，后来汤颂去世前把它无偿捐赠给了松江市博物馆，成为该馆镇馆之宝。据传，汤健能够顺利担任松江博物馆馆长职务，也跟捐赠这幅画有关。

"《红梅图》本来在松博，上个月因部分场馆要维修，就把《红梅图》等一批市藏文物转移到下面的虞山县博物馆代存，准备维修完成后再迁回来。谁知前天虞山馆因电线年久失修起火了，《红梅图》不幸被烧成了灰烬，这可怎么办啊？"汤健把脸埋进枯瘦的手指间，拖着哭腔说道。

听说《红梅图》被毁，吴天明的心似被谁狠狠揪了一把，疼得厉害。

那可是世间罕物啊！当年，杨无咎在华光寺师从长老仲仁学画。仲仁酷爱梅花，擅用笔勾画花形，创立了新的梅花画派。杨无咎深得其法，但又不受师承的限制，主张"画中有我"，张扬个性，摆脱窠臼，作画注意形象与笔墨的精妙，既不是刻意工细的摹写，也不放纵笔墨，使物象形神兼备，形成了自己独有的风格。他擅长以墨线圈花，重墨点蕾，不加彩色晕染，一变以彩色或墨晕作花之法，彻底摆脱了北宋时期在画坛占主导地位的工整精细勾勒的风气，形成一种温和凝练的写意笔墨，挥洒出梅花的清标雅韵。他的作品流传下来的不多，纸本墨笔《四梅花图》《雪梅图》等画作均存放在省级以上博物馆中，像《红梅图》这种珍品在市级博物馆收藏的，仅此一件。

《红梅图》画的是将落时节的梅花。一枝从左下倾斜向上生长的老干虬曲盘错，直逼画面上端。殷红的梅花先用朱笔圈好，然后敷色点染，朵朵红梅含风带露，傲立枝头，仿佛风姿绰约的曼妙佳人。花朵形态各异，有的花瓣已然松动，有的已经凋零，有的残缺不全，而枝的最上端仍然有花苞含羞待放，好一幅落梅图！整幅画就像把时光定格了一般，透过画面你能听得到淅淅沥沥的风雨声，看得见花枝摇曳落英缤纷的迷人场景。画面右侧一炷香的题款，是一首绝句："可怜春又暮，风雨上高楼。多少胭脂泪，潸潸梦里流。"

杨无咎是"文人画"启行者之一，他在画面上经常题写自作诗词，诗词内容与绘画形象相互配合，与绘画意境相互阐发，水乳交融，相得益彰，往往将画意阐发得淋漓尽致。这幅画简直就是他的标配，虽然没有名款，但行家一望即知是他的代表作。

当年，直到吴天明毕业那年，汤颂才舍得上课时把《红梅图》拿出来让他们欣赏、临摹，下课后就立即收起来。每次饱览《红梅图》后，他们四个都会带着激动无比的心情去美院附近一家小酒吧聚会。每次聚会一边喝酒，元杰一边用"宝石牌"录音机反复播放那首他痴爱的钢琴曲《献给爱丽丝》。整个美院的学生都非常羡慕他们，称元杰、吴天明和汤健为"三剑客"，如果再加上白云，就被称为"白云三剑客"，他们也以此为荣。说到临摹，临得最好的当数师妹白云，她的临作，除书法功底火候略欠，简直下真迹一等，到了乱真的程度。吴天明和师兄元杰都很佩服，因为他俩的临作，元杰笔力放纵有余而收敛不足，而吴天明又过于收敛放不开手脚，先生看了他俩的临作，每每点评道："杰也过，明也不及——过犹不及！"

　　"要是师妹在就好了。"吴天明对着汤健叹息一声。

　　"她不是早走了嘛！"汤健眼里含着泪。研究生毕业后，白云和汤健结了婚，3年后因生孩子难产去世，转眼间离开这个世界已经16个年头了。

　　"师兄，你要救救我们一家！这幅画毁了，我也就跟着毁了，还有虞山博物馆的一帮朋友，也都一块儿跟着毁了。"汤健补充着说："你知道，虞山县博物馆馆长许腾达是白羽的未婚夫，是我未来的连襟，一幅画毁的可是两个至亲家庭啊！"

　　吴天明明白了，汤健想让他重新临摹一幅《红梅图》，帮自己和许腾达躲过这场灭顶之灾。吴天明疑惑地问："师弟，就算帮你恢复了这幅名画，其他文物的损失呢？上面不照样追究你们的责任吗？"

　　"师兄，你有所不知。当时跟《红梅图》一起着火的，净是些珠宝、瓷器之类，除了盛放文物的木盒等易燃物受损外，那些文物本身都没有损失，唯独这幅画……唉！都怪我们粗心大意！"

　　"明白了。"说这话时，吴天明心目中对自己的水平过滤了一番。当年汤颂不仅让学生们近距离欣赏《红梅图》，而且分别在早、中、晚，晴、阴、雨，室内、室外，不同时段、不同天气、不同地点的情况下去观察欣赏，吴天明对这幅画已经从笔墨、纸张、装裱等各个方面有了详尽透彻的了解，乃至闭上眼睛，这幅画就能在脑海中浮现出来。尽管对它了如指掌，无奈禀性所致，吴天明的临作显得处处小心拘谨，行家一看就能鉴别出来。毕业后，吴天明一直从事工笔梅花的研究和教学，多年来所画也以工笔梅花为多，虽在绘画界小有名气，可离杨无咎的风格却越来越远，能不能临摹到与原作毫无二致，他心里一点儿把握都没有。

汤健看吴天明沉默不语，还以为要谈条件，忙说："师兄，您尽管放心，临摹成功，100万润笔，钱物两清！这是50万定金，您先收下。"说完，从公文包里取出一张现金支票，硬塞进吴天明手里。

"师弟，不关钱的事。我觉得我实在没这个能力，你得另请高明。"说这话时，吴天明一脸的愧怍。

"嫌钱少吗？难道你想袖手旁观吗？你没这个能力，谁还有这个能力？！你不能不管，你可是我爸最看重的学生！你在松江大学留校任教，还是他力荐的呢。"

"这我知道，没有老师栽培哪有我的今天！不过，论临摹，当今世上能够临摹出《红梅图》神韵的人不是我，是师兄！师兄！明白吗？应该去找他！"

"元杰？"汤健脱口而出，然后又失落地摇摇头，"怎么可能？当年他因追求不到白云，我们结婚那天，他负气跑了，从此再没回过美院。我爸叫都叫不来，他还能帮我？不可能！"

"他能帮不能帮，得去问问。当年在老师指导下临摹这幅画，除了白云，就数他临得最像。你如果同意，我帮你去说服他。"

犹豫片刻，汤健无奈地同意了："那就拜托了！不过要快，只有4个月时间。时间一到，文物就得上缴。缴不出来，我和小许就完蛋了！赶快去吧，我们等你的好消息。"

送走汤健，吴天明寻思着到哪里去找元杰。从毕业那年直到现在，他俩总共相聚不超过5次，虽然一见面还像过去那样海阔天空无话不谈，但毕竟不是天天见，元杰这些年无牵无挂，浪迹天涯，颇有点儿神龙见首不见尾的味道，找他可不是件容易事。再说，这家伙从来不用什么手机呀电话呀之类，一直过着那种遗世独立、与外界隔绝的生活，想通过现代通讯方式找他，门儿都没有。

吴天明忽然想起华光寺的住持虚宁禅师，他可是元杰在佛教界的挚友，有可能知道元杰的行踪。

事出紧急，说走就走，第二天大清早，吴天明就踏上了去华光寺的路。

元杰之所以留恋华光寺，全是因为华光寺里面有个"孤标雅韵"禅院。据传，就是在这个禅院里，少年杨无咎拜师仲仁长老学艺十年。更为奇特的，是禅院里面有一株硕大的白梅树，据说已有800年的历史，树冠大如数间屋，树身苔藓斑驳，树皮苍老嶙峋，每到花季，繁花似锦，清香馥郁，美艳绝伦。花开时节，元杰必来华光寺居住，每日徘徊树下，吟诗作画，抚琴观鹤，流连忘返，直到繁花落尽，枝头成荫，梅子初成时才肯离去。每年这个季节也是他画作旺销的时期，慕名买画者络绎不绝。

可眼前正是初夏，元杰肯定不在华光寺。吴天明见到虚宁禅师时，得到了确证。虚宁禅师是位面容慈祥、态度和蔼的僧人，已年近八旬，白须飘飘。他们之间早有交往，梅树花开季节，吴天明有时会带学生前来写生。在虚宁禅师的禅室里，吴天明和元杰、虚宁禅师经常围坐品茶晤谈，其乐融融。禅室的墙壁上一直挂着元杰和吴天明的两幅梅花图，一工一写，被业内人士赞为"梅花双璧"。

虚宁一听吴天明要找元杰，可他也不知道元杰的具体行踪。不过上个月浙江金华有位公司老板刚花80万买了元杰一件八平尺的墨梅佳作，画就是元杰寄到华光寺，从虚宁禅师的禅室里取走的，寄件的地址在云南省昆明市，画上题款中有"五花山上梅初好，笔底留情沁汉唐"的诗句。虚宁禅师据此推测，元杰现在大概就在云南的五花山。五花山上有5株500年以上的老梅树，山也因此而得名。虚宁禅师的推测，合情合理。

吴天明在华光寺借住一宿，买了飞机票，第二天便飞赴云南。

飞到昆明，离五花山还有100多公里车程，那里高山耸立，民族杂居，烟云缭绕，简直就是一个桃源胜地，元杰就像桃花源中的一位不知有汉无论魏晋的秦代人物。

五花山海拔4300米，从山下步行到半山腰有5700多级台阶。吴天明拾级而上，走到上面的半山亭去。他一边向上攀登，一边希望在半山亭碰到元杰，心想能碰到就算运气好。这时山路两旁绿树成荫，一丛一簇的野花尚未落尽，不时从树丛中探出一两枝来，拦住去路。这里虽是著名景区，但五一过后游人稀少，一路上仅碰到六七个人。

爬到半山亭附近，出现了一座小型公园，挂着一块绿字黑漆牌匾，写道：五梅园。门口坐着个臂戴红箍看门的老大爷。跨过高高的门槛进了园门，就见一块突兀的岩石上建着一座精致的八角琉璃亭，亭下有壑，并不深，另有一条道路通向下面，壑底有清清溪水淙淙流过。这边溪岸上，两株硕大的老梅并排而立，虬枝铁干，临溪照影，树冠遮天蔽日，叶子郁郁葱葱，显示着顽强的生命力。穿过溪水，对岸又有三株同样硕大的老梅，枝繁叶茂，正向这边伸展着巨臂，似邀游人前往。

吴天明在溪边看完两株梅树，就想涉水到对岸去看另外三株。通向对岸有一道跨溪石桥，不过现在溪水正盛，已经没过桥面。桥头立着一个警示牌，上面写着：石滑慎过，小心摔跤！

正犹豫间，看门老大爷来到近前善意提醒："同志，前几天山上下了几场大雨，溪水漫过桥面，石头太滑，前阵子有人过桥时不小心扭伤了脚，所以新立了个牌子。你最好不要过去。"

吴天明向对岸张望，那里除了风吹草响，石怪荫长，不见半个人影，就听从忠告，放弃了涉水过桥一探幽境的打算。

他怅怅地下山，到镇上一家小旅馆住下，准备第二天再上山。

山下那个镇子不大。晚饭后吴天明跑遍镇上所有的旅馆、饭店打听元杰的消息。根据描述，不少人都说前阵子的确曾见过，只是最近好久没有来了。

眼看着失去线索，吴天明很失望，心想，明天再去山上，如果还等不到，就只好另想其他办法了。

第二天天不亮，他就带了一兜馒头、几袋咸菜上山到五梅园等候。可从旭日东升直到红日西坠，也没见元杰半点儿踪影。唉，茫茫人海，找一个人真如同大海捞针啊！他唉声叹气地从公园门口经过，引起了看门大爷的注意。

"同志，您好像昨天来过，打算在这里住上几天吗？"他关切地问。

"不。大爷，我想找个人，不知您有没有见过？"

"什么人？"

吴天明就把元杰的外貌以及走路说话的神态描述一番，大爷一听就笑了："你看，你早问我，何苦等上两天！你问的那个人，就是前阵子下雨天非要过桥到对面去看梅花树，结果没蹚几步水就扭伤了脚的那个，现在八成还住在镇上的卫生院里，不信你瞧瞧去！"

吴天明眼前一亮，谢过大爷，火速下山，朝镇上卫生院赶去。

果然，在卫生院一间略显冷清的病房里，吴天明见到了脚缠绷带的元杰。

"元杰！可找到你了！"他兴奋地大喊。

元杰正在病床上闭目养神，手里捏着铅笔和写生簿子，听到吴天明喊他，忽地坐起来。他还是老样子——一头长发后面梳个辫子，满脸络腮胡子，身上穿着蓝白条相间的病号服，脸面因酒色无度而显得灰惨惨的。

元杰露出惊讶而欢喜的神色："天明，你怎么找到这里来了？"两个人的手握在一起。

起初，元杰以为吴天明是找他来要画的。这些年元杰的画在市场上风生水起，价格已经涨到20万元一平尺，超过了乃师，更远在吴天明之上，要不是他喜欢寻欢作乐，挥金如土，早就应该在一线大城市住上别墅了。即便在云南这样的地方，拥有一两套房产也根本不算什么问题，但他仍孑然一身，除了住宾馆，并没有自己的栖居之地。

吴天明晓得，元杰心里有说不出的苦。当初，他一直恋着师妹白云，白云也恋着他，两个人情投意合。但那个年代人还比较封建，彼此虽有好感但都没有说破，两人的感情可谓冰清玉洁。后来，汤颂老师托人向白云的父亲提亲，白云的父亲是松江市文化馆的一名干部，汤颂希望白云做自己的儿媳妇，理由是让白云汤健共同把《红梅图》守护下去。门当户对，理由充足，白云的父亲爽快地答应下来。那时，大家都把《红梅图》看作一个鲜活的生命，白云在与《红梅图》朝夕相处的日子里，更对它产生了一种特殊的感情，她最后顺从了长辈的意愿，嫁给了汤健。

出嫁后，汤家的经济情况并不太好，白云除在松江大学任教外，承担了为一家人洗衣做饭的繁重家务。但她没有丝毫怨言，始终任劳任怨地付出，直到3年后因为难产去世，只留下一个男孩叫作汤唯一，已经16岁，正在读高中。白云去世后，汤健再未娶妻，汤颂先生也心灰意冷，临终前下决心把《红梅图》捐献给松江市博物馆，不再家传。

吴天明知道，自从白云结婚，元杰的心已经枯萎了一半，而白云去世，元杰的心整个枯萎了。他开始抽烟酗酒，醉卧烟花，千金买笑，拼命地折磨自己的身体。他把金钱视为身外物，把全部感情都倾注在寻访梅树上。可以说，国内凡是生长老梅的地方，他都走了一遭，像五花山、华光寺这样有名的场所，更是成了他的栖息地，每年如候鸟般往来迁徙。

吴天明告诉了元杰《红梅图》被烧毁的经过。尽管元杰面无表情地听着，其实心里已经开始无声地滴血。他喜爱《红梅图》的程度，丝毫不亚于汤颂和白云。

当吴天明提出让他重新绘制一幅《红梅图》时，元杰摇头拒绝："我可没那份闲情逸致！"

吴天明晓得这时候他伤心过度，多说无益，就告辞出来，元杰也没有挽留。

走出卫生院的一刹那，吴天明心中腾起一股焦虑，他明白，如果使命完不成，将无颜面对逝去的恩师和师妹，也愧对汤健和白羽。吴天明掏出电话联系汤健，向他说明情况，希望他能够想想办法。电话那边沉默良久，最后说要不让白羽赶过去试试，一则元杰现在行动不便需要人照料，二则白羽是白云的妹妹，或许可以借机说动元杰，让他回心转意。吴天明觉得除此之外，也没有别的更好的办法，只能死马当活马医了。

两天后，白羽和她的未婚夫许腾达——一个高大英俊、精明干练的小伙子，赶到五花山。

白云和汤健结婚时，白羽还是个黄毛丫头，丝毫不惹人注意。女大十八变，现在她已经出落成二十七八岁的大姑娘了，模样身材像极了白云，特别是脸上一笑显出两个深深的大酒窝，论妩媚甚至超过了白云。白云去世后，白羽一直帮姐夫照看小唯一。如今姐夫因《红梅图》被毁差点儿病倒，想到小唯一孤苦可怜的样子，她只得答应姐夫来照看元杰，希望元杰能够看在老师和姐姐的情分上，重绘《红梅图》，帮姐夫和未婚夫渡过难关。

许腾达和白羽是大学同学，两个人都学习声乐，志趣相投。和现代大多数青年人一样，他们没有经过父母同意就建立了恋爱关系。许腾达外表英俊潇洒，很受女生们垂青，只是父母都是下岗职工，家境不太富裕，上学时生活窘迫，因此吓退了不少贪富恋贵的女孩子。白羽没有嫌弃他，从上大学开始一直设法资助他，他们相约，只要年底还清房贷，两个人就结婚。谁知，天降无妄之灾，许腾达刚接任博物馆馆长时间不长就碰到了火焚《红梅图》事件，如果不及早补救，许腾达将堕入深渊，个人前途一片晦暗。许腾达告诉白羽，他事业刚有起色，让他再回去重过以前那种清贫日子，简直就像堕入噩梦，还不如一刀杀了他。

白羽提出照顾元杰，元杰并没有拒绝，这么美丽的女孩子主动跑来照顾，哪个傻瓜会拒绝呢？更何况她还是情人的妹妹。

一个月过去，元杰已经能够下床走动了，可始终不答应绘制《红梅图》。

白羽决定跟他再深谈一次。

"元大哥，你不觉得自己是个冷血动物吗？"因为相处了一段时间，白羽说话已比较随便。

"白羽，你让我画，可没有激情，画了也是白画！除非……"

"除非什么？"

"除非有女人让我燃烧起来！"

"呸！给你钱，你随便去找女人，爱怎么燃烧就怎么燃烧！"

"不行，随随便便的女人不行。"

"那你要找什么样的？找天仙吗？"

"像你一样的！"

……

白羽红着脸跑走了，一个星期没搭理元杰。

但是，眼看时间一天天过去，许腾达沉不住气了。他问白羽劝说元杰了没有。

"劝了，他提的条件我不能答应！"白羽斩钉截铁地说。

许腾达忙问，"什么条件？"

白羽咬牙说："那个混蛋说他需要女人！只有像我这样的女人才能让他激情燃烧，简直胡说八道！"

许腾达一听也义愤填膺地跺着脚："王八蛋！畜生！也不撒泡尿照照自己什么德行！"

不久，许腾达将这件事告诉了汤健，汤健又告诉了吴天明，大家一致谴责元杰乘人之危，禽兽不如。可谴责归谴责，谁也拿他没办法。这期间，汤健找北京一家精通木版水印的出版社按原尺寸大小复制了一张《红梅图》，拿去给故宫博物院的专家们审定，一致认为尽管做工精良，但仍然是"一眼假"。

怎么办？

先是汤健松动了，他告诉白羽说，除了元杰，这世上没第二个人能乱真地把《红梅图》摹制出来；如果白云还活着，她或许可以做到，可惜她已经死了。

看着比原先更加消瘦的姐夫和可怜巴巴的外甥，白羽的心疼得像刀绞一样。

可白羽心里一直有道防线，就是许腾达。许腾达是自己的未婚夫，他肯定不会同意自己那么做。

可她错了，随着时间的推进，空气像被密封起来一样变得异常沉重，沉重到令人窒息，最终这沉重的空气压垮了许腾达抵抗的意志，也击溃了白羽心里那道自诩坚固无比的防线。

那天，许腾达流着泪扑通跪在白羽面前，一手捆自己的脸，一手牵着白羽的衣襟，艰难地说："羽，我不想失去现在的一切，我不想再过从前的生活，为了两个家，你……"

只听啪啪两声，许腾达脸上挨了两记响亮的耳光，"许腾达，王八蛋，你不是男子汉！我恨你！"说完，白羽呜呜地哭着跑走了。

正当大家几乎绝望的时候，白羽不知究竟用了什么办法，反正一个星期后，元杰竟然答应离开五花山。

大家心里一块石头落地，仿佛看到了希望。为庆贺元杰下山，他们特意准备了一场丰盛的宴会。席间，元杰只有一个请求，说临摹《红梅图》的一个月期间，要白羽一直陪伴自己。大家拿眼睛瞅着许腾达。这时的许腾达反而显得非常大度，不仅爽快地答应了元杰的请求，还补充道，想去什么地方，花多少钱，尽管说。白羽冷冷地坐在一旁，她觉得自己不过就是一件被许腾达捧在手里却随时准备献出去的礼物。

为打破尴尬，吴天明笑着说："老元，要不我和白羽一块儿陪你，就像当初我们几个上研究生时那样，行吗？"

"不行！有你我画不下去！"没想到，元杰毫不客气地回绝了。

酒席一散，大家各奔东西，吴天明继续回松江大学任教，许腾达把元杰和白羽送到华光寺就回虞山博物馆上班了。其间吴天明和汤健通过几次电话，略知道事情的进展。

汤健说，开始半个月，元杰每天带着白羽游山玩水，一笔不动。后来终于决定要动笔了，却非要白羽跟自己住在一起，气得白羽直哭，然而没有办法，谁叫有求于人呢？

后来，落笔后几乎每天画两幅画，每次画完就毁掉，每毁一次就痛哭一次，然后让白羽弹奏那首钢琴曲《献给爱丽丝》，弹了一遍又一遍，直到昏昏沉沉地睡去……

"不要脸的畜生！"汤健诉说时，每次总忘不了痛骂一顿。吴天明觉得，如果元杰站在面前，自己也一定会亲手把他撕碎了。

一个月后的一天，吴天明突然接到电话，汤健慌慌张张地说："快去华光寺，元杰快不行了！"

当吴天明履行完请假手续赶到华光寺时，元杰的骨灰已经被盛殓起来放在"孤标雅韵"禅院的那株800年的老梅树底下。白羽眼睛哭得红红的，喃喃地诉说着，"画完最后一幅梅花，我恰巧不在他身边，当我回来时，发现画挂在墙上，人倒在一旁，嘴里一个劲儿呕血，来不及送医就没了。这个怪人！他让我陪他画、陪他哭、陪他睡，说就像见到了姐姐，可到死他都没碰我一下……"

"画在哪儿？"吴天明和汤健急切地询问。

"许腾达知道消息后，第一时间赶来，他已经拿着画去装裱了。遗体是虚宁禅师帮着火化的。他拿我当亲妹妹看待，我不能辜负他，我要为他守灵……"白羽继续流着泪说。

吴天明和汤健对视一眼，谁也找不到任何合适的语言来安慰这个可怜的姑娘。

又过了一个月，《红梅图》归馆的日子到了。当天，汤健邀吴天明去现场观摩。吴天明乍见那幅画时吃了一惊，他感觉眼前的《红梅图》与当初在汤颂先生家看到的那幅别无二致：朵朵红梅含风带露，傲立枝头，仿佛风姿绰约的曼妙佳人……可久观之后，又觉得哪里有点不对劲儿，哦，是梅花的花蕊，有一根花蕊透露出了元杰的气息！那根花蕊如同被元杰的灵魂附体，它正透过画偷偷地窥探着外面的世界。吴天明眼含热泪，落荒而逃，因为他受不了那灵魂的逼视，他的自尊心受到强烈的刺激，他终于明白了什么叫作天才，觉得自己空活半世，其实跟一具行尸走肉没什么差别！

两年后，吴天明心中早已抹平了失去老友的痛，尽管每年清明节他都要到华光寺去凭吊，每次都与虚宁禅师喝茶谈天，对着墙上的"梅花双璧"说一说元杰，叹息一番。但说句实在话，没有了元杰，大家的日子仍旧照常那么过。

又过两年，一幅一模一样的《红梅图》赫然出现在香港的一家大型拍卖场上。吴天明看着预拍杂志上的精致图片，瞬间愣住了，急忙打电话咨询汤健，没想到汤健撂下电话火急火燎地赶了过来。

"他妈的，咱们都上当了！上许腾达这小瘪三的当了！"他气喘吁吁地说，"当初虞山馆那场火灾根本没有把《红梅图》真迹烧毁，而是被许腾达掉了包。去年，这小子辞职移民国外，《红梅图》也跟着转移到境外，今年他就委托经纪公司在香港拍卖，起拍价据说3800万港元。"

吴天明吃了一惊："难道白羽事先没有察觉吗？他们可是结了婚的，她没有向你透露什么吗？"

"唉！别说了，结婚后，尽管白羽一再说元杰根本没有碰她，两个人是清白的，可许腾达压根儿就不信，反而讥笑说染缸里怎么会拓出白布来？白羽备受冷眼，精神抑郁，去年年底汤唯一的小女朋友陪着她住进了松江疗养院。许腾达一年前就辞去了虞山博物馆馆长职务，偷偷办理了移民手续，成了外国人了！调换《红梅图》是他故意设计的圈套，所有人都被这个龟孙骗了！"

"那咱们现在怎么办？"

"怎么办？我已经联系了北京的文物公司，就算倾家荡产也要把《红梅图》拍回来，否则，对不起我爸，对不起白云，对不起白羽，更对不起元杰！"

这时，吴天明一句话也说不出，只是顺势抓起汤健那双枯瘦的手，使劲儿摇了摇。

10天后，吴天明和汤健飞赴香港，准时赶到拍卖现场参与竞拍，经过连续举牌，最终以6500万港元的价格拍回了《红梅图》真迹。

同拍卖行办理完所有的交接手续，一行人当晚住在香港。在那家离尖沙咀钟楼不远的小酒吧里，吴天明和汤健喝了不少酒，而且连续点了4次钢琴曲，每次都是《献给爱丽丝》。

在缠绵的琴曲和嘹亮的钟声里，两个中年男人整整哭了一个晚上。

2022年5月26日

第三部分

水声

什么是古典精神

电视剧《三国演义》热播刚告一段落，新版《红楼梦》又在各地方电视台隆重登场了，就这样，名著中蕴含的古典精神在电视剧里又复活了。

且不论"我爱死他了"式的新式台词有多么搞笑，也不管人物的扮相有多么"雷人"，单凭传播古典精神一方面，这两部电视剧就可谓功不可没。

那么，什么是古典精神呢？

司马迁忍受了令他"汗未尝不发背沾衣"的巨大耻辱，发愤著书，终于完成了"究天人之际、通古今之变、成一家之言"的《太史公书》，这部著作被鲁迅誉为"史家之绝唱，无韵之离骚"。曹雪芹在"茅椽蓬牖，瓦灶绳床""举家食粥酒常赊"的情况下，含辛茹苦，"批阅十载，增删五次"，历尽磨难写成了千古不朽的名著《红楼梦》。他们为了完成自己的人生理想，不计名利，不图显达，百折不挠，甚至冒着书被禁、人被杀的危险。他们身上所表现出的那种精神，是一种甘于寂寞、舍身忘我的奉献精神；是一种抛弃名利、不畏艰难的奋斗精神；是一种披荆斩棘、超越前人的创造精神。这就是古典精神，它是中华民族优秀传统文化的重要组成部分。

如今有些人所欠缺的，恰恰正是这种精神。他们为了出名，为了钱财，可以放弃原则、践踏正义、违法乱纪；为了职务、职称，可以不惜放弃自尊，跑、买、要、抄袭、作假，各种卑劣手段无所不用；为了标榜自我，压倒别人，可以标新立异，大放厥词，不认祖宗，罔顾廉耻，以狂、怪、乱、丑为美……这种人咋咋呼呼、盛气凌人，貌似不可一世，其实就是浅浅的一碟子豆芽菜，看着可爱，但是永远也别指望他们能够长成参天大树。

建设社会主义现代化强国，实现中华民族伟大复兴，需要无数人为之奉献、为之奋斗、为之创造，所以，我们有必要继承古典精神，发扬古典精神，这是历史的使命，时代的召唤。

今天我们能在电视剧中重温古典，不管剧中的台词、人物扮相如何新潮，它带给我们的仍然是震撼和惊喜。然而，对于一向鄙薄古典的某些学者来说，这可否算作一种莫大的讽刺？

古典名著的一再翻拍，充分证明古典精神已融入炎黄子孙的血液里，构成了机体组织的一部分。古典精神同我们一样，正在与时俱进……

2010年6月

有感于"马克思最穷"

据新华社伦敦2010年8月11日电，英国一家网站首次公布了一批19世纪和20世纪在英国的一些历史名人死后财产排行榜，其中作为无产阶级革命导师的卡尔·马克思以死后只留下250英镑的遗产而位于榜末。

在我的学生年代，曾经读过三联书店出版的《马克思传》，对马克思的生平事迹有一些了解，所以觉得这家英国网站搞的这个财产排行榜应该是真实可信的。当年马克思生活最窘迫时，他的一家人"每分钟都遭受着确实极端贫困的威胁"，为了换取食物，甚至连衣服和鞋子都不得不送进当铺。马克思流亡伦敦最初的几年间，曾经有3个孩子因无钱医病而先后夭折。就算他经济情况最好的时候，也不过仅仅改善一下住房条件或者去卡尔巴斯德的温泉做治病疗养。但正是这位"贫贱不能移"的马克思，凭借顽强的毅力和不屈的精神，完成了《资本论》等一系列光辉著作，创立了科学共产主义学说，为全世界被压迫被剥削的无产者找到了一条伟大的革命道路。他本人也因此成为无产阶级的革命导师、人类伟大的思想家之一。1999年9月，英国广播公司（BBC）评选"千年第一思想家"，在全球互联网上公开征询投票。投票的结果，马克思位居第一。

马克思难道缺乏改变穷困生活的能力吗？显然不是。马克思曾经是柏林大学的高才生、耶拿大学的哲学博士，只要他稍稍改变一下信仰，凭其卓越的才能和智慧，获得荣华富贵应当是轻而易举的事情。可是他完全不为个人利益斤斤计较，而是把全部精力投入为人类谋福利的伟大实践中。马克思于1883年在英国伦敦去世，死后只为女儿留下250英镑的遗产，但给全人类留下了巨大的思想宝藏。恩格斯曾经悲痛地说："这个人的逝世，对于欧美战斗的无产阶级，对于历史科学，都是不可估量的损失。"

儿童的启蒙读物《三字经》中有一句话："人遗子，金满籝，我教子，惟一经。"遗憾的是，很多摇头晃脑从小熟读成诵的人都没有做到，然而没有学过《三字经》的马克思却做到了。这充分说明，经还是那个经，理还是那个理，能不能做到，关键还要看人。

目前社会上有些人，面对生活，总是不思进取、垂头丧气、牢骚满腹，整天不是抱怨这个，就是抱怨那个，没有丝毫信心和勇气。社会生活中艰难曲折是客观存在的，再迅疾的社会变革也需要有个过程，怨天尤人、裹足不前都不是好办法。

当人生观价值观缺失的时候，当前途迷茫找不到出路的时候，当苦闷彷徨耐不住清贫的时候，你不妨拿自己同马克思做做比照，因为他才是一面真正值得所有人借鉴的镜子。通过这面镜子，你会认识到什么是伟大，什么是渺小。

2010年8月

读书

人非生而知之者。

一个人从小到大，从无知到有知，读书是一条重要的途径。书是知识的海洋，书里积淀着前人的经验，蕴藏着无穷的智慧和力量，它能够教会我们生存的本领，帮助我们认识世界，顺应世界，改造世界。

韩愈说："师者，所以传道、授业、解惑也。"我们通过读书，可以了解到世界上许多大道理，明白许多知识，解决许多疑难问题，书是无言的老师。

宋太祖认为"开卷有益"，号召大臣们多读书。有句成语叫作"学富五车"，形容一个人读书多，学问大。两者都是说，读书必有收获，读书多了，积累日渐丰富，没有学问的人就会变成有学问的人。

翻开历史，古今中外，因读书改变命运的人不胜枚举。战国的苏秦曾周游列国，因没有知识不被看重，回到家"头悬梁、锥刺股"地读了几年书，后来终于成为著名的纵横家。俄国的高尔基从小命运悲惨，到处打工、流浪，依靠顽强的意志，苦学苦读，终于成为一名伟大的作家。

黄庭坚曾说："士三日不读，则其言无味，其容可憎。"意思是一个人三天不读书，不但说话没滋没味，而且面貌也会变得丑陋。有句古诗说得更好："腹有诗书气自华。"意思是肚子里装着许多诗书，就会表现在外面，文质彬彬，气质高华。

读书可以获得知识，增长才干，改变命运，提升气质，可见读书确实好。

从古到今，人类社会积累的书籍卷帙浩繁，浩如烟海，过去曾用"汗牛充栋"做比喻。面对如此浩瀚的书籍，即使我们"凿壁偷光""囊萤映雪"地去读，也不可能读完。庄子很早以前就承认："吾生也有涯，而知也无涯。以有涯随无涯，殆已；已而为知者，殆而已矣。"怎么办？只能是：拣好书读。

过去，曾经有人列出许多书籍的名目，号称"某某必读书"。倘若生在科举时代，四书五经之类科考书籍即会被人列为必读书；过去儿童念私塾，必读科目就会是"三、百、千"等。当然，以今天的眼光看，过去人列出的"必读书"，未必都是好书，那么，什么样的书才能称得上是好书呢？

首先是经典。经典是人类基本知识的精辟总结。比如《史记》为史书的经典，《诗经》是上古诗歌的经典，《唐诗三百首》是唐诗的经典，《红楼梦》是古典小说的经典。经典可以说是每个人的必读书，当然不仅仅是过去的，还有现代的经典著作；不仅仅限于国内的，还有国外的；不仅仅局限于经史子集，还包括其他领域里的许多优秀著作。

其次是适合自己的专门性书籍。比如你是一个研究经济学的人，亚当·斯密的《国富论》、凯恩斯的《就业利息与货币通论》、马克思的《资本论》、萨缪尔森的《经济学》等就是必读书；假如你是一个学习中国绘画的人，你就需要翻一翻《芥子园画谱》。

当然，并不是有了好书，就一定能够读好，还要掌握一些行之有效的读书方法。比如朱熹总结的"三到法"，即"眼到、口到、心到"，以及"熟读成诵""观其大概""好读书，不求甚解，每有会意，便欣然忘食"等。

周恩来曾说过："活到老，学到老，改造到老。"对每个人都非常适用，我们应该用一生的时间多读书、读好书，不断改造自己的主观世界，不断指导我们的社会实践。

读书是每个人一生的事情，来不得半点儿马虎，容不得丝毫松懈。

2010年10月

磨刀石

星期天要在家做饭，忽然想到菜刀已经用钝了，用起来很费力，应该去磨一磨。

于是我把菜刀包好，找到街头摆摊的那个磨刀师傅。

他沉默地接过刀，看了看，然后从工具箱里拿出一块质地粗糙的磨刀石。那块石头黝黑发亮，已经被磨掉了一半。只见他把石头放在面前，撩上水，嚓嚓地磨起来。不多会儿，刀刃开始发亮。他又换了一块较细腻的磨刀石，用力缓缓地磨。最后，他用手指甲在刀锋上刮了刮，满是皱纹的脸上露出笑意，"磨好了，拿回去试试吧。"

回家一试，果然非常锋利，用着很省劲儿。切菜的时候，不由想起了古人"金就砺则利"那句饱含哲理的话。

人活在世上，原本都应该有一番成就和作为的，但是大多数人却庸庸碌碌虚度一生。为什么？原因固然很多，但缺少磨砺也许是其中重要的缘故。

曾经有个故事：在一个辽阔的草原上，有人放牧着羊群，因为有狼存在，羊群的数量一直不能有效增加。人们设法把狼除尽，结果羊群数增加了，但草原上草地资源难以为继，结果大量的羊被饿死，羊群数反不如有狼时多，而且自从狼消失后，羊群失去了威胁，羊的运动明显减少，个个膘肥体壮，繁育能力也大为下降。最终人们只得把狼重新引进这片草原。

生于忧患，死于安乐。一个国家，一个民族，一个组织，一个人，往往因为有敌对的或者意见不同的势力在，反而更能时时警醒，改正缺点，不断前进；而这种敌对的或者意见不同的势力一旦消失，反倒变得贪图逸乐，自我满足，妄自尊大，最终难逃堕落、灭亡的命运。

这就是"磨刀石"的作用。

虽然在磨砺的过程中，自身也要发生一些消耗，也要经历一些痛苦，但是消耗的那些恰恰是对自身的发展有害的东西。在"磨刀石"上，刀，磨去的是锈，是软化的物质；人，磨去的是消沉的意志和不切实际的幻想。

人类社会发展几千年，似乎始终存在一种偏执，就是老想摆脱甚至消灭自己的"磨刀石"，结果，最终碰壁的总是人类自己。

假如一个人想要成就自己，我想，应该先找到那块属于自己的"磨刀石"，勇敢地接受它的磨砺。

2012年12月

略谈中国画的欣赏

别人拿来一幅中国画请你欣赏，或者让你发表一下意见，你该怎么办呢？

从物质层面讲，中国画装潢得再富丽堂皇，也不过是一张纸、一幅绢或者一本册页什么的，所以欣赏中国画不能仅仅停留在物质层面，更应上升到精神层面，看画家画了什么、怎样画的。

普通人见了画家画的山水、人物、花鸟，觉得形象逼真，色彩艳丽，往往就说一句："画得跟真的一样。"难道画得跟真的一样就是好吗？如果这样，我们欣赏西方的写实油画或者看摄影作品岂不更好？可见，画得真不见得就是画得好，完全忠实于大自然只能表明画家的写实能力强大，而并非判断中国画好坏的标准。

大画家齐白石有句名言，说中国画"太似则媚俗，不似为欺世，妙在似与不似之间"。这句话完全适用于对中国画的欣赏。我们看齐白石画的虾活灵活现的，可现实生活中我们根

251

本找不到那样的虾；画上也没有水，但你就觉得虾是那样"逼真"，那样生动活泼，仿佛正在水里游动嬉戏一样。"逼真"两字，便是欣赏中国画的诀窍。

能够做到"逼真"，是画家个人功力的体现。自然万物都蕴含着美的质素，画家通过深入观察，用审美的眼光，精确捕捉物象中这些美的"鳞甲"，反复记忆摹写加以强化，然后用巧妙的艺术加工手段把物象中美的气质表现出来，达到"逼真"的程度，这是一幅画成功与否的基础，也是欣赏一幅画的关键。

但"逼真"却又不是真，完完全全与自然物象等同，既不可能，也无必要。这个"逼"字体现着画家的心性美、精神美和创造美，是画家心灵、品德、智慧、修养的集中体现。画家的综合修养，都凝聚在他的艺术作品中。我们普通人所要欣赏的，就是中国画的这种心性美、精神美和创造美。

画家吴冠中曾说过，艺术品就是艺术家把感情深处没办法表达的秘密，用艺术传达出来。郑板桥画竹子，他要题写"咬定青山不放松，立根原在破岩中。千磨万击还坚劲，任尔东西南北风"，把竹子扎根土地、不惧风吹雨打、傲然挺立、生生不息的精神美画了出来，同时也把自己所崇尚的那种傲岸、顽强、坚韧的人格精神，用"竹石"这种绘画形式传达出来，感动了后世千万个欣赏者。中国画家创作中国画，是一个发现美、发掘美、表现美、创造美的过程。所有优秀的中国画艺术家，如徐渭、八大山人、齐白石、黄宾虹等，无一例外都是这样做的，他们把自己所推崇的自然之美和人格精神结合起来，用各自最擅长的艺术形式传达给欣赏者。

中国画的表达方式类似一种诗性的表达，画家要把自然物象通过夸张、剪裁、组织等意匠加工手段表现出来。画春天，不可能把所有的花花草草都放在画面中，而是"触目横斜千万朵"，只留最赏心悦目的"两三枝"，恰恰正是对这"两三枝"的深入刻画和突出表现，才代表了整个生机盎然的春天。

中国画离不开笔墨。齐白石的画师法造化而笔精墨妙。看他画上的笔墨是安静的，你会领悟他在挥毫落笔时内心也是安静的；他画上的东西仿佛有重量，让人感觉沉甸甸的；画上的颜色往往比较饱满，对比强烈，具有很强的视觉冲击力；画面物象有呼有应，紧密联系，整个画面像聚着一团气……齐白石的画为万物传神，达到了很高的审美层次，欣赏他的画，你定会发自内心地赞叹这位视觉美学大师。

欣赏中国画，你无疑正在进行一次寻美之旅、畅神之旅。你与画家促膝而谈，展开心灵的对话，他把一颗赤诚的心掏出来给你看，你能不能看到，能不能接受，完全取决于你有没有那个审美意识，有没有那个感悟能力。

2017年4月

悟语四则

将届知天命之年，悟出了这样几句话：

第一句：看清自己最难。刀刃向内，壮士断腕，不是一般人能做到的。

第二句：做人和写文章是一回事，可又不是一回事。做人要老实踏实，写文章要个性鲜明，出奇制胜；做人有做人的道理，写文章有写文章的规律。

第三句：真正设身处地为他人着想，难。我们总喜欢盯住别人的短处，而忽视别人的长处。

第四句：这个世界上，谁也不可能成为圣人或完人。所谓圣人或完人，不过是那些坚持真理，错误改得快、改得好的人。

2018年9月

成就他人才能成就自我

一片落叶，化作春泥，呵护绚丽的花朵；

一支蜡烛，燃尽自己，照亮幽暗的世界；

一只春蚕，吐出最后一口丝，却让人们穿上了绸缎绫罗；

……

世间万物，无不在成就他人中成就自我。

人类亦复如此：

一名医生，只有在不断的救死扶伤中，才能成就自我；

一位教师，只有在辛勤传授知识的课堂上，才能成就自我；

一个战士，只有在血与火的战场上拼搏，才能成就自我；

……

心里只装着自己的人，既成就不了他人，更成就不了自我。

自私自利的人，一切都为自己盘算，但殊不知，他的任何需求的满足，都必须仰仗他人：

需要食物，离不开农民；

需要穿衣，离不开工人；

需要工作，离不开社会；

……

无数个人组成社会，社会是一个群体，群体中每一位成员都必须和其他成员产生联系，人不能完全脱离群体而长时间单独生存，鲁滨孙式的漂流只能出现在虚构的小说中。

要在群体内生存，就要了解群体内的其他成员，学会尊重其他成员。只有知己知彼，才能取长补短；只有相互尊重，才能和谐共存。

人要生存就要学会协作，人不可能有绝对的自由，也不可能有绝对的权力，只有相对的自由和相对的权力。维护个人的自由和权力不能以牺牲群体的自由和权力为代价，所以，个体最好的生存法则就是学会在维护群体利益的基础上相互协作。

个体的生存以群体的生存为必要前提，没有群体的生存就不会有个体的生存。要谋求群体的生存，个体就需要牺牲自己的部分甚至全部利益。如果所有个体都只顾自己，不顾群体，那最终受到伤害的会是所有个体。

2020年4月11日

笔墨琐谈

学习中国画，不能不谈笔墨问题。

关于笔墨问题，以前艺术界曾有过一场争论，一种观点认为，笔墨等于零；另一种观点认为中国画应该守住笔墨的底线。经过争论，两派都做了妥协，一派补充说，脱离了形象的中国画笔墨才等于零，进而强调了形象；另一派则补充认为，中国画的特性就是笔墨，根本不存在什么底线不底线的问题，也用不着去守。

虽然这场争论至今也没画上句号，但中国画的笔墨却成了学习、研究、欣赏、评论中国画绕不过去的话题。

从形而下的角度说，中国画是用毛笔蘸着墨在纸上画就。一幅完成的画留在纸上的都是笔墨与形象的结合体，两者不能分割，笔墨既不等于零，也看不出底线在哪里。

但是从形而上的角度说，有的中国画完成后，到处都是毛病，连一点儿保存价值都没有，等同于一张废纸，那这时留在这幅画上的笔墨就等于零，笔墨的底线就是它根本达不到被称为中国画的程度。

所以，从形而上的角度看，笔墨是中国画的特质，笔墨是有标准和底线的，达不到标准和底线的笔墨就等于零。

好的中国画笔墨标准要符合黄宾虹提出的"五笔七墨"。关于"五笔七墨"，中国画界已经有连篇累牍的论述，无须赘述。我下面要探讨的则是另外几个问题。

关于用笔

中国画用笔与书法无异。元代赵孟頫曾经说过，"结字因时相传，用笔千古不易"，意思是说汉字的结体是随着时代不断发展而变化的，所以书写汉字，结体要因时而变，但是使用毛笔的方法却是千古不变的。这句话后世一直存在争议。到了近现代，有人甚至提出相反的论调，无论兼毫、狼毫、羊毫，什么笔我们都可以用，但是结字谁也不能变。那么，赵孟頫说的究竟对不对呢？这就需要探讨一下什么是用笔。

毛笔笔头的形状像一个圆锥体，毛笔没有书写之前，毛笔笔锋聚拢成锥尖，像一个点。然而汉字的笔画大部分是独立的，即使不独立，也只是方向、位置、角度的变化，所以每一个笔画其实都是一个面，是有面积的，如何把毛笔的点打开转化成笔画的面，就是用笔的奥秘。这个奥秘其实很简单，就是两个动作，点和切。比如写一个横画，起笔先用毛笔的锥尖着纸，然后向下切，毛笔的笔锋就打开了，然后再沿着横画的方向自左向右行笔，结尾处有个提笔、顿笔、回锋的动作，依靠笔毛自身的弹性使笔尖恢复成点的状态。毛笔在运行过程中，有一个从点到面再到点（恢复原状）的过程，即收拢、打开、再收拢的过程，所有笔画都要重复这个过程，这是一个无穷重复周而复始的简单动作。书法基本功的练习就是这样，能够使毛笔的笔锋在书写中迅速打开再迅速收拢，迅速收拢再迅速打开，直到把一个字、一段话、一篇文章写完为止。毛笔在一个笔画中起、行、收的动作，就是中国书画用笔的基本法则，而平、圆、留、重、变则是判断用笔质量的内在要求和外在标准，是由用笔过程中笔毛发挥的弹性如何决定的，是毛笔的功能和人控制毛笔的能力密切结合的结果。明白了这个，我们也就明白了赵孟頫说的那段话何其正确！

　　一个笔画起、行、收的过程中，点、切、提、按、转、折、顿、挫等笔法要达到毛笔笔毫的弹性与人手施加的压力和提力相均衡、相适应，达到准确、完美表现的程度，需要长期的修炼，不是一朝一夕所能达到的。

关于用墨

　　墨由笔出，笔要能完全控制住墨。一切墨法都受此规律支配。

好的用墨是"苍润"。有人理解，墨中水分多一些，自然就润泽；墨中水分少一些，就会显得苍莽一些。其实是个误解。苍润是同步的，一笔下去，既苍又润。然而怎样才能够达到呢？浅见认为，笔内含水要少，笔根、笔尖墨色浓淡不要一致，运笔的速度和力度要迟涩有力，要紧贴物象有秩序地用笔，即能达到苍润的效果。

关于笔墨

用笔和用墨其实是不可分的，笔和墨就像手心和手背的关系。

中国画在唐代开元以前，用笔如铁线，线条圆转无方折，墨色变化也不大，这和黄宾虹所说的"汉魏六朝，画重丹青"是相适应的，因为要突出丹青，所以笔墨只能居于比较保守甚至从属的地位。开元后，王维等画家，始用水墨渲淡之法创作水墨画，笔墨开始成为画面构成的主要元素，所以画家们积极主动地追求起笔墨的效果来，最终形成了"五笔七墨"的判断标准，若不符合这一标准，就被视为笔墨不过关，因而也就不是一幅好的中国画。

但是，凡事都有个度，自明清以来，忽视自然形象塑造，仿效元四家专一追求笔墨效果的作品多起来，以至人人子久，家家云林，无原则的重复前人，中国画面目趋同千篇一律，味同嚼蜡，像这样不思进取、毫无个性、没有创新的做法也是不对的。"笔墨等于零"也许是针对这一因循守旧现象，发出的最振聋发聩的警告，正所谓"矫枉必须过正"。

今天的中国画，已经进入新的发展阶段，一方面画家对优秀的笔墨传统都在自觉而深入地继承；另一个方面，所有画家都认识到写生的重要性，积极寻找属于自己的艺术领地去探索、积累和感悟。这样，传统和自然两扇大门都已经洞开，假以时日，中国画必将走向全面繁荣，开创一个崭新的辉煌时代。

2020年10月12日

试析清照词的特色

李清照，号易安居士，宋代女词人，婉约词派代表，有"千古第一才女"之誉。后人对李清照评价颇多，这里不再赘述。既然她被奉为婉约词派代表，我们就重点分析一下她的词作写作特色。

首先，纵观她的《漱玉集》，凡涉及词作，几乎无一词（《漱玉词》是后人辑本，我们未见她诗词的全貌，所以暂时妄下此断语）不从身边事写起，与今日所谓的"主题性创作"毫无干涉，这样看来，她写词是极不讲"政治"的，然而诗却相反，无一首不谈政治。

从身边事写起，抒发个人感悟，是李清照词宏观上的一大特色，正如她在《词论》中所说，"词，别是一家"，对词的创作旨趣，她是贯彻始终的。

下面借两首《如梦令》从微观上分析一下她的写作特色。

小令一：常记溪亭日暮，沉醉不知归路。兴尽晚回舟，误入藕花深处。争渡，争渡，惊起一滩鸥鹭。

小令二：昨夜雨疏风骤，浓睡不消残酒。试问卷帘人，却道海棠依旧。知否，知否？应是绿肥红瘦。

这两首小令，想必大家都耳熟能详，我不做文字诠解，只着重谈写作特点。

一是擅讲故事。两首小令都有时间、地点、人物、事件、开头和结尾，构成了日常生活中的一个精彩片段，读它们宛如看《红楼梦》中林黛玉进大观园，潇湘馆里小姐和丫鬟问答一样。如果用现在的影视术语来说，就是李清照非常善于运用特写这种手段，能够把生活中精彩的瞬间迅速捕捉出来，定格放大出来。

二是曲折有致。两首小令两则故事，都不是平铺直叙，而是各具曲折。第一首小令是一个带着悬疑色彩的故事。一位少女，那么晚了，误入荷花深处，她究竟是怎么回去的，她有没有遇到危险，令人遐想。第二首小令更加跌宕曲折，先把结果告诉我们，主人公已经浓睡不消残酒了，为什么？因为昨夜雨疏风骤，而这两者之间又有什么联系呢？因为雨疏风骤吹落了满树海棠，进而呢？是时光的短暂易逝，青春的一去不返，使敏感的诗心受到伤害。曲折有致，增加了李清照词的深度，可谓平中见奇。我认为，如果从诗有诗谶、词有词谶的角度说，似乎也预示了女词人冥冥中那一生曲折不幸的命运。

三是对面傅粉。描写的重点，从第一视角转移到第二视角，从对面来反映自己，从多个侧面反映整个事件，也是这两首小令的特色。第一首是从鸥鹭的安宁被"我"打破，反映出"我"的误入之远和归心之迫；第二首从卷帘人的无心之答，反映出我的有心之问。对面傅粉这一写法，放到《红楼梦》中，就是"宝玉挨打"。宝玉挨了板子，贾府各色人等纷纷上场表演，其实就是从不同角度反映人物性格、环境、命运，从而进一步烘托、深化作品的主题思想，推动小说情节向纵深发展。

四是长于修辞。小令二用了拟人手法，带给人无尽的遐想，这点，前人阐发很多很详，我不赘述。但修辞手法不限于比拟，如比喻、夸张、借代等，只要能对表达思想有用，均可以单独或综合使用。比如，小令二中，用"红""绿"两种颜色代表花和叶，就是借代，"肥""瘦"则是拟人，其实细分一下，李清照用了综合修辞手法，使意象更加传神，更引人遐思。

五是呈现某种气息和色彩。这两首小令中都洋溢着一股青春的气息。前者活泼生动，属于前青春期。后者缠绵悱恻，属于后青春期。两种青春气息都被作者拿捏得分寸适中，使作品充满生命的张力。还有，两则故事的环境都是具有色彩的，甚至是五彩斑斓的，这与作者后期词作给我们的色彩感明显不同。通过解读，不难发现这两首小令都应当属于作者南渡前期甚至是早期的作品。

每个人眼中都有不同的贾宝玉和林黛玉，自然也会有不同的李清照。我仅就个人解读李清照的作品，试析她词作的写作特点，让大家在点滴之间领略一代婉约词宗的创作风采，算是抛砖引玉吧。

2021年4月17日

学诗作文

假如有朋友问我，你为什么要学习写作？

我实在不知道该怎样回答。如果仅仅说喜欢，那朋友肯定以为我在搪塞他，或者认为我矫情，可除了"喜欢"这两个字以外，实在找不出更合适的理由。

因为喜欢，年轻时一直凭满腔热忱写作，几乎想到哪儿就写到哪儿，只求把自己的想法一股脑儿倾诉出来，根本不讲究方法技巧。现在回头看那时写的东西，痛快是痛快了，但由于缺少曲折、含蓄、生动的艺术性表达，内容一览无遗，味道淡得很，仿佛一串爆竹噼里啪啦响过后，只留下满地的纸屑，风一吹轻飘飘的。

后来读书渐多，觉得文学作品靠塑造形象表达思想，有其独特的写作方法，与其他文体大不相同。好的文学作品靠鲜活生动的形象和精巧细致的语言打动读者，以"润物细无声"的方式滋养心灵，令读者不知不觉间认同作者的思想，最终与作者同呼吸共命运起来。从思想宣传角度讲，文学作品是标语口号之外的另一种有效方式，与那种直白的、明火执仗的方式不同，它是潜移默化的改良剂、杀敌于无形的软刀子。

也许有人提出不同意见：不见得所有文学作品都靠塑造形象吧？比如李白的《望庐山瀑布》，里面哪有什么形象？其实，这首诗中的瀑布就是作者要塑造的形象。瀑布从山巅飞流直下，似银河洒落人间，瀑布伟岸高大、雄浑壮丽、洒脱奔放的形象被表现得淋漓尽致。那么作者塑造瀑布这一形象，要表达什么思想呢？这要结合作者的经历才能明白。李白个性自由浪漫，理想抱负远大，思想比较叛逆，行为狂放不羁，他蔑视权贵，不肯摧眉折腰屈从俗流，结果在现实生活中到处碰壁，理想不能实现，所以终日心怀抑郁。庐山瀑布仿佛李白的化身。这首诗，我觉得应为李白被"赐金放还"离开长安后所作，因为里面蕴含着一丝悲壮气息，有一种"夕阳无限好，只是近黄昏"的沧桑感和落寞感，眼前的瀑布虽然无比壮观，但却从银河垂落下来，它离了天庭注定要蛰伏于人间啊！

文学作品通过平实、准确、生动的语言塑造出立体的、有时间、有空间、有质量、有温度、有思想、有生命的形象很不容易。写好文学作品需要下很大功夫。

既然文学作品靠塑造形象表达思想，那如何塑造形象自然是个大问题。我觉得，有两句话值得特别注意，一句是"文似看山不喜平"，另一句是"平中见奇"。

"文似看山不喜平"，过去我一直不以为然，写文章平铺直叙不更好吗？君子难道不应以"直道事人"吗？后来才懂得，做人有做人的道理，作文有作文的规律，两者不能混为一谈。"文如其人"是综括了作者的全部著作得出的结论，跟作者以什么样的方法写这篇或那篇文章没有关系，譬如深渊大河和林间小溪给人的感觉大不同，然而里面流淌着的终究都是水。"文似看山不喜平"符合自然法则。大自然中除去人造物，从形象上看几乎都是曲线，"天似穹庐""小河弯弯"都不是一条直线；大自然中一切物体每时每刻都在运动变化，运动变化的轨迹也不是一条直线，直线的东西往往给人一种突兀感和生硬感，不够活泼生动，因而不耐久观，久观必生厌倦。写诗作文最高的标准就是自然，那行文也一定要有曲折变化才行，有曲折才能含蓄，有变化才能生动。平铺直叙固不可少，倒叙或插叙如果更能吸引读者，更能打动心灵，我们为什么不采用呢？

　　"文似看山不喜平"是原则是结果，"平中见奇"则是手段是过程。诗文要"平中见奇"，就要反对呆板、暴露和平庸，就要运用匠心和巧思。要做到"平中见奇"，首先作者对生活要有深刻独到的见解，思想能够"标新"，文章才能"立异"，新颖的思想能够起到先声夺人的作用。真正懂格律诗的人都瞧不上"老干体"，"老干体"最大的缺点就是人云亦云，陈词滥调，没有独到的见解，思想毫无创新，内容空洞乏味。其次，要能做到以小见大，"触目横斜千万朵，赏心只有两三枝"，认真写好"两三枝"就等于描绘了整个春天。契诃夫写《变色龙》《文官之死》切口很小，却反映了沙俄统治的腐朽和恐怖。以小见大，最考验作者选材的功夫，我们从生活中积累了很多素材，如何选材，如何提炼，需要作者仔细甄别精心构思，要有剪裁的本事，要能够从大量生活素材中发现典型，从千万颗不起眼的沙子中淘漉出金子。最后，要抓住典型多方位多层面地表现，为此可以穷尽一切手段，包括精妙的结构、丰赡的语言，对比、夸张、拟人、比喻、借代、通感、讽刺等修辞手法……凡是适合的尽可以拿来使用，目的只有一个：突出典型，塑造典型，让典型活起来、动起来、表演起来。典型塑造成功了，作品也就成功了。

2021年6月4日

《从百草园到三味书屋》读后

选入初中课本的鲁迅散文名篇《从百草园到三味书屋》是经典之作。读着这篇散文，感觉就像看到了一条流淌在古老岁月里的河流。随着文本的展开，读者的感情和作者一起波澜起伏，向前汩汩涌流，最后在融入大海的那一刻，虽戛然而止，却余响无穷，意味隽永。

一篇文章能给人这种感觉，首先来自鲁迅那博大充盈的思想和勇敢无畏的精神，再是鲁迅旺盛的文思以及他高超的散文创作方法。

这篇散文的主题是通过描写百草园和三味书屋两个场景来反映自己童年和少年的经历，然后通过自身经历间接反映时代和社会，也是小切口反映大主题，和我们普通作者采用的方法没什么两样。

但是，这篇文章的妙处全在作者对结构章法的精心设计构思，以至于让人看不出任何斧凿痕迹，好像完全出于自然。

文章以倒叙开头，"我家的后面有一个很大的园，相传叫作百草园。现在是早已并屋子一起卖给朱文公的子孙了，连那最末次的相见也已经隔了七八年，其中似乎确凿只有一些野草；但那时却是我的乐园"。这段话点明了百草园是作者童年的乐园，然后从三个方面去进行说明。

第一方面写自然之乐，两个"不必说"，把百草园的大致情形勾勒出来了。菜畦、石井栏、皂荚树、桑葚这些是随时可见的景物和植物，鸣蝉、黄蜂、叫天子(云雀)这些是经常遇见的动物。后面又对视觉进行了补充，涉及听觉、触觉和味觉，简直把百草园的自然之乐写活了。

第二方面写人文之乐，叙述了百草园中赤练蛇作怪及被飞蜈蚣治死的故事。故事本身虽有点儿恐怖，但是写出了百草园的古老历史和人文趣味，可以看作对儿童的思想启蒙，因为"这故事很使我觉得做人之险"，因而提高了思辨能力，而且能够引起儿童的好奇心和探索精神，"极想得到一盒老和尚那样的飞蜈蚣。走到百草园的草丛旁边时，也常常这样想"。

第三方面写人情之乐，"冬天的百草园比较的无味"，要注意这句话，不是真的"无味"，绝对的"无味"，而是"比较的无味"。和谁比较？和自身来比较，春夏秋季节里的百草园趣味无穷，冬天感觉稍差一些。还有不下雪和下雪时来比较，雪一下，乐趣就来了，可以拍雪人和塑雪罗汉，也可以捕鸟雀，"扫开一块雪，露出地面，用一支短棒支起一面大的竹筛来，下面撒些秕谷，棒上系一条长绳，人远远地牵着，看鸟雀下来啄食，走到竹筛底下的时候，将绳子一拉，便罩住了"。还有一层比较，就是跟三味书屋后面那个园的比较，那个园"虽然小，但在那里也可以爬上花坛去折蜡梅花，在地上或桂花树上寻蝉蜕。最好的工作是捉了苍蝇喂蚂蚁，静悄悄的没有声音"，相比之下，三味书屋后面那个园更加让人感到索然无味。

以上三个方面有机结合，充分说明了百草园作为"我的乐园"之乐。

接下来就是描写到三味书屋后的生活，与前面的百草园生活形成一种强烈对比，百草园里的种种乐趣荡然无存，统统化为乌有，使读者心理产生了巨大落差。

三味书屋号称"三味"，其实只有一味——"苦"。

第一苦就是求知欲得不到满足之苦。学校本来是解决学生疑惑、传授学生知识的地方，但私塾先生完全不管这套，只是机械地传授一些"死知识"，对儿童渴求鲜活知识的提问，只以"不知道"作答，以"脸上还有怒色"对待，根本不考虑、不涉及教书育人的根本目的。

第二苦就是情感得不到慰藉之苦。学生们每天绷紧神经去学"死知识"，连爬上花坛去折蜡梅花、在地上或桂花树上寻蝉蜕等事情也不敢大胆去做，他们害怕被老师批评、害怕挨板子、害怕罚跪，总之，情感空虚寂寞，身在私塾中，心却在私塾外。

第三苦是受"死知识"折磨之苦。读私塾课程单调："我就只读书，正午习字，晚上对课"。内容费解：于是大家放开喉咙读一阵书，真是人声鼎沸，有念"仁远乎哉我欲仁斯仁至矣"的，有念"笑人齿缺曰狗窦大开"的，有念"上九潜龙勿用"的，有念"厥土下上上错厥贡苞茅橘柚"的……先生自己也念书。后来，我们的声音便低下去，静下去了，只有他还大声朗读着："铁如意，指挥倜傥，一坐皆惊呢；金叵罗，颠倒淋漓噫，千杯未醉嗬……"学习这些过时的、驳杂的、无用的"死知识"，令人感到无比痛苦。

通过百草园和三味书屋的对比，苦与乐的对比，反衬出那个时代学校教育的失败，揭露了当时社会的弊端。那种社会的那种教育，因袭守旧，没有任何民主科学思想可言，到处死水一潭，只能勉强培养出子承父业的锡箔店店主一类人物，对社会发展和历史进步没有丝毫推动作用，但这些人物却凭仅有的一点儿可怜知识就骑在人民头上作威作福，反映了旧中国社会制度的极端不合理以及社会面貌的极端落后。

《从百草园到三味书屋》所刻画的人、物、事无不鲜明生动，令人印象深刻，过目难忘。它没有一句废话，且每句话都饱含深情，进步思想深蕴在字里行间，把主题表现得淋漓尽致。文章两部分相互补充映带，相得益彰，尤其是了解了后面的苦，我们更重视前面的乐；有了前面的乐，我们更觉出后面的苦，从而萌生出强烈的憎恶，直至鼓励我们发出呐喊，有所行动。

　　看了上面的分析，有人也许会提出不同意见，认为过去私塾先生教的并不全是"死知识"，对旧时代私塾的作用不能"一概抹杀"。当然，私塾作为旧中国科举制度的伴生物，要想准确评价其作用，尚需翻翻旧账，包括重新评价一下旧中国的科举制度。然而，旧中国的科举制度既然早已废除，就没有什么好说的了，现在提倡东西文明相互借鉴相互融合，还是把时间和精力用在怎样把有营养的东西拿来吧。

2022年7月15日

浅谈文学作品的结构布局

吴晗在《谈写文章》中说："生活在现代，写文章当然要用现代的语言；以此，多读一些近、现代好文章的道理是无须解释的。为什么要多读一点古书呢？这是因为古代曾经有许多妙手，写了很多好文章；多读一些，吸收、学习他们的写作方法，结构布局，遣词造句，对写好文章会有很大帮助。读一点外国的文学名著，道理也是如此。"他把吸收、学习好文章的结构布局列在了很重要的位置。

一篇经典作品，最起码具备思想美、结构美、语言美。思想是一个人达到的修养境界，语言中含有天性的成分，这两方面都不太好学，或者说不是短期内就能够学好的。文章的结构布局却不然，我认为可以在短期内学到，譬如盖房子，总要有个图纸，哪儿是客厅，哪儿是卧室，哪里安门，哪里安窗户，都有一定之规，研究会了图纸，照猫画虎，最起码能造起一座像模像样的房子来，至于是土房子还是砖房子，是大房子还是小房子，倒还在其次。

古今中外的艺术家，对自己作品的结构布局都是深入思考精心设计的，至少他们认为自己布局出来的作品是最好的，譬如断臂维纳斯的结构布局就是典范，为了突出人物的面部，其他部分尽量减弱，至少不要抢戏。我认为，学习经典作品，一定要从结构布局入手，体会作者的"匠心"，模仿经典作品，也要先从模仿结构布局入手，这样上手最快，是一条学习创作的捷径。

过去有句话叫"意在笔先"，也有称"胸有成竹"的，是说创作前要先构思，构思什么呢？我觉得最重要的就是关于结构布局的构思。

要得到理想的结构布局，第一种办法是剪裁。生活素材有很多，为了反映主题，我们就得使用素材，为了准确反映主题，就要对素材有所剪裁，该说的说，而且要说够说透，说得活灵活现；不该说、没必要说的就要删减，直至删减至零。比如写战争，如果让我们写一场战争的惨烈，我们说牺牲了很多人，血流成河，惨不忍睹，主要写写战场的惨状和战士伤亡的情况就够了，"可怜无定河边骨，犹是春闺梦里人"，十四个字从侧面就把战争的惨状写出来了；假如你不加剪裁，把烈士的名单一一开列出来，恐怕一本长篇小说的量也容不下，但是即便全列出来了，对你所要反映的主题和实现你写文章的目的有意义有作用吗？

第二种办法是组织。一篇文章开头怎么写，中间怎么写，结尾怎么写，各段之间，甚至上下句之间怎么衔接都要设计，这些就是组织。"横看成岭侧成峰，远近高低各不同"，这句诗写的虽然是庐山，但恰好说出了组织文章的秘诀。从正面写，从反面写，从侧面写，横向组织要丰富多彩；从远处写，从近处写，从高处写，从低处写，纵向组织要曲折生动。"不识庐山真面目，只缘身在此山中"，要跳出庐山看庐山，才能真正认识庐山，要熟读文章然后跳出文章体会这篇文章，才能把文章的结构布局规律总结出来。

　　第三种办法是灵活运用。我们掌握了一定的结构布局的方法和规律，就要在写文章时运用，初学阶段，可以模仿，经典怎么写我们就怎么写，熟练之后，就要根据主题需要多种结构布局方法灵活运用。杜甫诗的结构布局方法很多，变化丰富，值得我们学习。如果把杜诗的结构布局参悟透了，初学写诗就不用发愁了。《唐诗三百首》中不同作者有不同的结构布局方法，熟读它是可以学到很多不同的结构布局方法的，所以人说"熟读《唐诗三百首》，不会作诗也会吟"，的确如此。

2022年7月21日

第四部分

附录

重修《刘氏家谱》序

明永乐二年（公元1404年）仲春，吾始祖讳泰昌、讳泰康兄弟二人自京东迁安县（今河北省迁安县）刘家大庄迁居沾化。始祖泰昌寄居火把张家，被土著户欺凌，后迁居杨家庙；始祖泰康寄居桑家，亦被土著户欺凌，遂迁居王虎店，居数世，又自王虎店迁一支于窪西尹子刘家。时至今日，在杨家庙居住的大始祖后裔已传至第十九世，在王虎店居住的二始祖传至九世而无存，盖支脉已迁居县外，踪迹无可稽考矣。大始祖居杨家庙后，育有四子分为四支，长支讳尚宽至今已传十八世，四支讳尚智亦传十八世，而二支讳尚志、三支讳尚瑄已自四世迁居县外，此二支在杨家庙已无后裔，在县外者因天涯殊隔，音信难通，其支虽在而未详已各传至多少世。

吾刘氏上世原有家谱，昔年曾派人到刘家大庄抄录回来，过沙河时不幸被水漂去，"厥后修谱时，上数世祖之名字不得而考之，上数世祖母之姓氏不得而识之"。刘氏家谱在清道光十年岁次庚寅季夏（公元1830年7月），曾由十世祖讳承泰修治一次，当时为大范围修谱，不但两始祖后裔一并修谱，就是大始祖在县外的后裔也名列谱内。但是，由于年代久远，大始祖后裔四支中，二支、三支、四支似各遗漏一世，无从稽考，殊为可惜。不久，十二世祖讳云峰于同治七年岁次戊辰孟冬（即公元1868年10月）重修一次；十二世祖讳海宽、讳海量、讳海瑞与十三世祖讳丕猷于光绪十年（公元1884年，岁次甲申）修谱一次；中华民国时期旧家谱每支各抄录一份；新中国成立后，据传家谱又曾重修一次，结果毁于十年"文革"。上述四次修谱，存世者尚有光绪十年本、中华民国二十五年（公元1936年，岁次丙子）过录本。光绪十年本由十四世讳跃廷珍藏，十五世洪春所藏中华民国二十五年本系家谱的过录本，未详其原本为何。此二谱弥足珍贵，兹将光绪十年本附录于后。

二〇一五年（岁次乙未），十五世洪爱姊将跃廷伯珍藏的光绪十年本交到我手上，说家族众长辈嘱，拟由我担任重修家谱之责。自受托以来，我深感责任重大，详细阅读光绪十年老家谱，更加钦佩前辈甘冒风险护谱的义举。当年秦始皇焚书坑儒，将儒家经典燔毁殆尽，幸赖伏生（今山东滨州市邹平县韩店镇苏家村人）于壁中藏《尚书》，汉初，仅存二十九篇，以教齐鲁之间，使中华优秀传统文化得以复兴。跃廷伯护谱有功，堪称刘氏家族之"伏生"。或许我刘氏源远流长，子孙将来有垂名于世者，使刘氏家谱如获神灵庇佑，历灾劫而不毁。受托以来，我远赴他乡，广为联络家族亲友，搜其事迹，辨其支脉，广收博录，历时二载，无怨无悔。其间，十五世洪海、洪昌、洪祥等兄长，十六世新海、新房、玉安，十七世青松、青良等晚辈襄助其力；诸长辈嘱托甚殷，期望甚深。可以说，重修家谱是众望所归，其事得以完成，与家人及亲朋的关心支持是分不开的。

今家谱即将获竣付梓，实在是一件令人欢欣鼓舞的事。随着家谱成书，刘氏家族的发展脉络将清晰地呈现在世人面前，家族内自此也可以重新厘定世系，为整个家族走向全面繁荣奠定坚实的文化基础。

展观家谱，自迁入沾化以来，我祖宗历代均以修德为本，以耕医为业，是以子孙繁衍生息，昌盛不衰。缘木而求根，饮水而思源，我后世子孙，应谨守先祖遗训，以德为本，以诚为先，以和为贵，以善为求，使我优良家风继续发扬光大。有诗赞曰：

粤稽我祖，系出陶唐。源明受封，乃有家邦。根深叶茂，源远流长。下迄三代，出我高皇。大封同姓，分土列疆。汉祚播迁，泽延四方。枝条繁盛，伟业宏光。望著涿郡，迁自渤阳。永乐二载，六百年强。一十九世，钟情农桑。咬得菜根，淡定超常。与人为善，德礼无伤。还淳固本，处其所当。坚韧卓绝，爱国卫乡。勤俭朴实，奔向小康。瓜瓞绵绵，徒骇汤汤。守德勿失，子孙永昌！

受资料及能力所限，谱中所列家族世系姓名等错漏舛误之处在所难免，一方面请家族之有识者不吝批评指正，一方面也期待后来者能够加以补充订正。

是为序。

2017年5月

《未许多愁》自序

"少年不识愁滋味，爱上层楼。爱上层楼。为赋新词强说愁。而今识尽愁滋味，欲说还休。欲说还休。却道天凉好个秋。"

辛弃疾一首《丑奴儿·书博山道中壁》从"愁"说起，概括了他波澜壮阔的人生。从少年意气风发，不识愁滋味，到阅尽人世坎坷，绚烂至极终归平淡，把所有的爱恨情仇都积淀在胸中。斯人已逝，我固然难比辛弃疾的豪迈，但对于"愁"的认识和理解，却要引他为知己的，这也正是《未许多愁》诗集的缘起。

最初喜欢文学写作，我正在上初中，才十三四岁，记得当时写过一篇咏莲的小诗："田田清池叶，翠色润欲滴。俯首催白浪，探出红玉衣。"虽平仄不通，却因写得比较清新自然，得到语文老师李学凯首肯，这给了我莫大鼓励。从此文学的种子在我幼小心灵中扎下了根。

我考入烟台粮食学校后，学校成立"春蕾文学社"。

第一任社长是于进强，在他的引领下，我加入了文学社，并且负责编辑出版校刊《春蕾报》。那时正值20世纪80年代末，流行朦胧诗。我不仅喜欢朦胧诗，北岛、顾城、舒婷的诗也读了不少，更尝试着写了很多，都是朦胧诗，可惜一无所成。

工作后，我被分配到县城一家工厂上班，因从事专业与文学写作没有任何关系，所以文学写作就被暂时放到了一边。21世纪初，工厂倒闭，我下岗失业，因生计所迫，四处打工漂泊，其间除保持读书的兴趣外，已很少动笔。

2008年，生活出现转机，我又有了正式工作。这时感觉应该重拾爱好，让后半生尽量过得充实一些。从那时起，我写了大量散文、小说、诗词之类，也曾在报刊发表过一些，并且重新拿起毛笔研习书法、绘画。我决心诗、文、书、画兼修，争取有生之年能够达到一定高度。随着时间流逝，我感到中华传统文化的脉息变得越来越弱了。特别是今天，周围的人都以发展经济为要务，以金钱地位论成败，真正沉下心来搞文学的人少之又少，能够达到一定高度的更是凤毛麟角。我有种置身荒漠的感觉，内心痛苦极了。

因业余时间有限，我写作诗词文章只能时作时辍，也来不及精雕细琢，所幸逐渐积少成多，有了一定规模。收在这部书集中的诗词写作时间跨度非常大，从20世纪80年代末一直到现在，记录了我近30年的心路历程，其中甘苦，唯吾自知。所写的文字，完全是兴之所至。其中古典诗词绝大部分写于2013年至2015年；新体诗则主要是20世纪90年代初期学生时代所作，只有末三首写于毕业之后。本集主要依文体编排，因各个时期我的心情变化很大，所以从内容和感情方面根本谈不上连贯性——这也许会给阅读者造成诸多不便，还请谅解。当然，所收诗词谈不上什么技巧和辞藻，如果您想从中搜罗些华辞丽句、哲言警语，恐怕只能失望。假如说点儿心得，个人以为，文学创作首先要抒发真性情，技巧和辞藻虽不容忽视，但都属于第二位；此外，精神修养所达到的境界至关重要，在境界层面，一步一重天，没有高境界，就没有个人独到的见解，也就谈不上有好的诗词文章了。历史上所有能够站住脚的文人骚客，境界无不达到很高的层次——这似乎也是许多文学写作理论书籍中本应该说，但没有说清楚的问题。

　　从学生时代直到今天，我心中的文学梦一天天成长着，伴随自己走过前半生。这次有机会将部分作品集录起来，不能不说是件非常幸运的事。这是我的第一部作品集。正如小诗中所说："积蓄全部力量/迸出一棵嫩芽儿/把所有恨/所有爱/所有悲伤和无奈/结一朵洁白的花。"它带着少年的懵懂，青年的梦呓，中年的惆怅，汇聚起了心灵的舴艋舟载不动的许多"愁"。然而，我并非辛弃疾，更非李清照，我只是我。时代也不同了，古人所经历的惨痛历史已烟云散尽，而我们的前途则一片光明。因此，我将这本作品集命名为"未许多愁"，希望它能带给人世一份美好的憧憬和一缕隽雅的芬芳。

2018年12月2日夜

《未许多愁》跋

人生在世，有太多的难以割舍，有人捧着酒杯不撒手，有人攥着金钱不松手，有人占着地位不罢手……而我却将自己难以割舍的东西诉诸文字，也算另类的"从众行为"吧。

过去从没想过要出一本书，尤其在当今知识"大爆炸"的时代——图书馆里琳琅满目的书籍，电脑上的海量信息，以及手机微信里花样繁多的"同步读"——已经够多的了，而且许多经典著作如"崔颢题诗在上头"般永恒地存在着，即使耗尽一个人一生的精力，恐怕也难以把它们读完。起初我心存疑虑，自己这本小书如同涓滴尘埃，真的有必要出版吗？

然而，还是"难以割舍"四个字作祟，使我排除干扰，最终决心将它们结集出版，也算一种自我安慰吧。我没有别的奢求，只希望读过它的人过了很久还能多少留点儿印象，这就是对我最高的奖赏。

本书的出版跟朋友们的关心支持分不开，特别是编辑老师花费了不少心血，提供了许多真诚的帮助；北海老师更在百忙之中题写书名为本书增色，在此，谨致以最衷心的感谢！

2019年5月19日

《枣儿香枣儿圆》后记

我出生在一个农民家庭，从祖父那代以上祖祖辈辈在农村务农，只是到了父亲，他考上教师，才一只脚跨出农门。之所以说"一只脚"，是因为母亲也是农民，所以他只能一边任教，一边从事农业劳动。

我记事的时候，"文革"已经结束，农村改革正在拉开序幕。有一天，村里喇叭传来"上面"的政策，要实行包产到户，把生产队的集体财产准备分给各家各户，并且耕地也要按人口分配了，消息传开，村里着实热闹起来。先是分牲口，分农具，接着又按人口多寡土地肥瘠分配了村里的土地。

农民对土地有着天然的情愫，自从拥有"自己的"耕地后，农村一夜之间爆发出巨大的生产力，仿佛被谁用法术从地底下召唤出来一样，家家户户能劳动的男女"着了魔"似的奔向田野，在"自己的"土地上忘我地耕耘着，用勤劳的双手描绘着崭新的生活画卷。实行家庭联产承包责任制后，农民最大的收获就是粮食打得多了，棉花收得多了，"温饱问题"基本解决了。

　　尽管解决了"温饱问题"，但那时所延续着的传统的农业生产方式，无疑还是非常原始落后的，具有"高投入、高成本、高风险"的明显弱点。所谓"高投入"，指大批劳动力被附着在土地上，每年需要投入大量的精力和体力，每个劳动力仿佛肉体的机器，然而劳动生产率却极低；所谓"高成本"，指种子、化肥、农药、运输等资金设施的投入比例比较大，投资回收期也比较长；所谓"高风险"，指缺乏必要的现代科学技术做保障，要靠天吃饭，投资回报率低且不稳定，碰到水旱冰雹风冻等灾害甚至颗粒无收。在那种传统的农业生产方式支配下，农民的生活异常艰辛劬劳，从事农业劳动甚至被某些人视为畏途，这些人争先恐后地从农业领域、从农村区域通过各种方式"逃出去"。

　　世事纷纭，它时而静如止水，时而又波澜起伏。生活，在与现实和理想的铁幕斗争中进行，惊心动魄，却又无动于衷——它每天都在继续着。随着现代科技进步和思想解放，20世纪80年代中后期，乡亲们把目光投向了家乡的稀世珍果——冬枣，开始尝试着对冬枣进行培育开发，结果很受市场欢迎，经济价值相当可观，于是冬枣种植逐渐从庭院走向大田。当然，最初的行动完全是自发性质的。进入20世纪90年代，国家经济体制改革突飞猛进，在当地党委政府的全力支持推动下，冬枣种植逐步走向产业化发展，农民彻底告别了传统的农业生产方式，依靠种植冬枣发家致富成为一致的自觉的行动，冬枣树变成了使农民富起来的"摇钱树"，农业产业化发展成为解决当时当地农业、农村、农民问题的一把"金钥匙"，而家乡的冬枣产业化发展模式如今也成了可资借鉴推广的典型经验。这期间，在家乡改革大潮中涌现出一大批令人难忘的如栓柱、福来、二楞似的人物，他们用自己的勤劳智慧演绎出一幕幕看似平凡普通实则激流鼓荡、惊魂动魄的创业活剧。

我虽然借了父辈的光成为从农村"逃出去"的一员，可20多年来，那段刻骨铭心的农村生活却牢牢地扎根在我的记忆深处。我想，也许那里就是我今生也难以斩断的"六根"之所在。"人似秋鸿来有信，事如春梦了无痕"，发生在那段岁月中的故事虽然销声匿迹，可栓柱、福来、二楞似的人物却频频在梦中走向我倾诉，他们一颦一笑、一举手一投足间的那种亲切熟悉的程度就像和我几十年朝夕相处的邻居。

人到中年，回望那段激情岁月，每每怦然心动，我觉得个人的青春和时代的青春已经紧密联结在一起，形成一股强烈的气息，那气息如同一个人从黑黢黢的屋子里突然来到灿烂的阳光底下，晃得睁不开眼，逼得透不过气，它盘纡在胸中，时刻向我发出一种使命般的召唤。于是，很多次，我想找个地方把胸中的气息一股脑儿倾吐出来，就像小说中宋栓亭站在徒骇河桥上呐喊时一样。现在，我终于放声喊出来了——这就是《枣儿香枣儿圆》这部小说的缘起。

在小说中，我无意夸大人世的悲欢，也不想妄评对错是非。我离他们太近了，生怕自己戴着有色眼镜的观察误导了青年。我竭力克制自己的感情，保持冷静，力求做到客观真实，就像阳光把一些事物的影子投射在水里，至于那些影子能给您留下什么印象，您又通过这些印象了解到多少岸边的真情实况，则完全交由您自己去心领神会。

需要说明的是，小说中那些人物的名字，全部出于杜撰，如果不小心冲撞或者冒渎了谁，也只能算我的无心之失，请勿对号入座。

2021年5月31日

回眸

2021年12月22日，冬至后第二天，我终于收到了《枣儿香枣儿圆》新书。

捧读新书的那一刻，心中像打翻了五味瓶，眼睛里满含着酸涩，我有很多话要说，却又找不到一个合适的倾诉对象。即便有，此时此地，又能说些什么呢？

这部以反映家乡人民发展冬枣产业的创业史为主题，酝酿了很长时间的长篇小说是我从2020年4月底开始动笔写作的，6月经历了杀青，即反复琢磨，无休止地修改了3个多月后，于9月将初稿交给了陕西太白文艺出版社。通过编辑们的审稿，于10月签订了出版合同。在整个编辑出版期间，又对小说文字和故事情节进行了多次修改完善，终于，它在2021年12月22日印制出来，经过千里辗转到了我的手上。

新书出版，一方面使我如释重负，卸下了压在心头的重担；一方面我又感觉异常忐忑，像位首次下厨的新娘，费尽心力烹调了一样菜，端到家人面前，亟盼他们给出好的评价。可我知道，我所面对的"家人"，对菜品质量的要求是非常高的，他们不会轻易给出期待中的那个好评。

一个人压抑久了，总得找个地方倾诉，于是书到后的次日，12月23日，在朋友建议下，我赶往下洼镇，到沾化冬枣研究所访问那棵冬枣嫡祖树。

冬日里昼短夜长，下午5点多天已完全黑下来。沉沉暮色中，冬枣嫡祖树迎着凛冽寒风巍然矗立，向四周延伸着虬曲的枝丫。它在这个世界上已经存活了300多年，经过了数不清的沧桑岁月，那些久历风霜仍然生机蓬勃的枝丫仿佛在历史的长河中伸出无数思念的触手，向我深情挥动，令我对它产生无比的依恋。我绕树一周，牵着它探出的那些枯瘦的手臂，心里不停念叨着：无论别人是否认可，我已经把歌唱出来了，那首歌是献给您的！希望您和祖祖辈辈生活在这块土地上的乡亲们都能听得到！

我不知它是否听到我的心里话。当我完成使命似的转身离开时，蓦然回眸，发现它正张开眷恋的双臂准备拥抱我，像一位无比慈爱的老妈妈。我含着泪离开，耳畔传来一声叹息！

2021年12月24日

《枣儿香枣儿圆》书名的来历

《枣儿香枣儿圆》于2021年12月出版后，很多朋友好奇地询问书名的来历，有的说为什么不叫《枣儿甜枣儿圆》呢？也有的说叫《枣儿传奇》不也很好吗？

类似这样的问题，都涉及书名的来历，觉得有必要说明一下。

给这本书起名字，颇费了点儿心思，最初考虑叫《枣花香枣儿圆》。我们家乡的冬枣树是一种神奇的果树，它的花和果都是一团一簇的，仿佛一个团结紧密的部落，从不强调单个个体的力量。它一般夏天开花，花虽开得很小，但香气馥郁，那种香气，不是菊花的"冷香"，也不是梅花的"暗香"，而是一种带着温度具有穿透力的，能够引得蜂喧蝶闹、生机勃勃的香气。秋天成熟季节，枣子形状圆圆的，像一挂挂小苹果，而且果皮光亮，点点浓重的红色浸润在嫩嫩的绿色中，很像能工巧匠精心制作的彩釉陶瓷，又像一颗颗雕琢华美的玛瑙，真正称得上"珠圆玉润"。当时一下就想到起这个《枣花香枣

儿圆》的名字，认为非常符合冬枣生长的自然状态，符合生活
实际。

然而，艺术来源于生活却高于生活，而且"名不正则言
不顺"，书名究竟马虎不得。描绘冬枣创业史是这部小说的主
题，当然离不开"枣"，但如果仅仅说"枣"就是"枣"，难
免与小说这种文学体裁的旨趣相违背，最终弄得不像文学作
品，从而使小说大大减色。因此，联系到书中人物的命运，就
想命名为《枣香枣圆》，"枣香"暗指书中的女性，鲁北平原
的女性是那样纯洁热烈，外表柔弱可亲，骨子里则透着一股豪
爽侠义之气；"枣圆"则暗指书中的男性，性格憨厚朴实，但
圆中有方，表面看起来温驯，但心底里却藏着一份对善良的坚
守和一种不屈服命运的倔强。书的封面设计，就参考了这种寓
意，把一男一女放在黄河入海口的平原上，并采用了土黄色色
调和木刻的艺术效果，与书名相互配合，一明一暗揭示着小说
的主题，相得益彰。

等小说书稿到了陕西太白文艺出版社后，几位编辑老师
凑在一起讨论时，认为"枣"后面应该加上个"儿"字，用儿
化音来解决《枣香枣圆》给人的生拙之感，让书名变得流畅起
来，所以最终将小说定名为《枣儿香枣儿圆》。以上就是书名
的来历。

小说出版前，本来请恩师北海（原名宋玉增，中国著名山
水画家）题写了书名，但由于考虑到封面整体设计效果的一致

性，没有采用北海老师的题签，而是把题签放到了扉页。从我个人方面来看，算是不小的遗憾。

书刚出版，受疫情影响，人们的工作生活受到很大的影响，书的销售问题更无从谈起。不过，散淡如我，此时此刻并没有别的祈求，只是希望疫情尽早结束，还每个人一份安宁祥和，让长时间居家的朋友们到室外晒晒久违的太阳，自由自在地呼吸呼吸新鲜空气。

2022年1月10日

后记

这是本写给自己的书。用句时髦的话说，它记录着我几十年的心路历程。

上学时，因"文革"刚结束不久，社会上还没有出现"寻根文学""伤痕文学"之类的名目，语文课本里很多课文选自"五四"时期的文学大家，比如鲁迅、郭沫若、茅盾、老舍等。他们的文章至今我仍然记得不少。鲁迅《呐喊·自序》中的一段话，尤其令我印象深刻：

"这一学年没有完毕，我已经到了东京了，因为从那一回以后，我便觉得医学并非一件紧要事，凡是愚弱的国民，即使体格如何健全，如何茁壮，也只能做毫无意义的示众的材料和看客，病死多少是不必以为不幸的。所以我们的第一要著，是在改变他们的精神，而善于改变精神的是，我那时以为当然要推文艺，于是想提倡文艺运动了。"

也许从读到这句话的那一刻起，我的心也默许"提倡文艺运动"了，因为恍惚觉得，疗救精神的确比疗救身体重要得多。

　　此后的学生生涯中，专业没有学好，文学类的书我却读了不少，及至毕业从事与文学"无关"的职业，乃至后来失去这职业成为一名无业游民，我才觉得，真正需要疗救精神的人中，还有一个自己。

　　我终于看清自己的面目了，很多问题其实是思想认识不到位，不遵循客观规律导致的，甚至是咎由自取。可见，困难和挫折并不一定全是坏事，对于强者而言，那是人生必不可少的功课。

　　我于是重新审视自己，重新认识社会，想找一条新路。于是我又退回到"五四"时代，试图对"五四"运动的重大意义进行新的理解。

　　"五四"运动以前的中国，是"德先生""赛先生"缺位的中国。我这么说，或许有人反对，认为中国古代不缺民主也不缺科学，但我以为，有一定的民主形式，也有一定的科学技术形式，但远没有上升到"思想"的高度。民主的、科学的思想在中国逐渐建立起来，还是"五四"运动发生以后的事情。从这个角度理解，近代史上的东西方冲突，其实是东方农耕文明和西方工商业文明之间的冲突，新的进步的文明总要代替旧的落后的文明，这是历史发展的一般规律。

　　古代中国，不缺"民告官"式的例子，也不缺像"二十四节气"那样的农耕科技的例子，但民主和科学并没有真正成为支配性的思想。从西方近代史的演进来看，科学思想几乎是贯彻整个西方工商业文明发展的一条主线，而且这条主线还在一直贯彻下去，看不到尽头。有伟人不是说过"科学技术是第一生产力"吗？西方世界的"第一生产力"还在不断发展之中，怎么好宣告"资本主义制度就要灭亡"了呢？诚然，数千年人类文明无论东方西方都是自发形成的，既具有光辉灿烂的成就，又各自伴随着巨大弊端，今后人类文明将进入自觉发展阶段，在人类自我规划设计下，东西方将互相借鉴、互相融合，取长补短持续发扬优点，有效克服弊端，人类文明将真正驶入良性发展的快车道。东西方思想将逐渐走向从对抗到接触、从交流到融合的道路，融合将会成为今后一段历史时期思想的主流。

话题扯远了。文艺既然善于改变精神，则一方面要树立适合人类文明发展的精神，一方面也要扫除不适合人类文明发展的精神。正是在这个总的原则指导下，诞生了这本书，当然，也是我个人长期思索的结果和反映。

这本书分4个部分，分别命名为《月影》《年光》《水声》以及《附录》，单从题目看就知道都是些难以捕捉的生活的鳞爪，仿佛夜空中流星划过时留下的那条薄而亮的尾巴。

《月影》相当于日记的摘抄，更多侧重于思索，记事则十分简略，更谈不上精确。我把心迹袒露出来，并非自吹自擂，却在暴露自己的不足，虽说后人自有后人的幸福生活，仍然希望读者以我这些不足为戒，尽量少走弯路吧。其间也间或记录了一些人和事，可以作为"小才微善"一流，略充鉴借。

　　《年光》写了10个故事，我没有凭空捏造的本事，都是实际发生过的，只不过，其中有些故事"为尊者讳"起见，不得不改变人物的名字，更换地点，打乱脉络，甚至重新组装了一下。这样看来，似乎称之为小说更为确切些。这些类似小说的故事，几乎都带有反思、批评的性质。为了达到这个目的，所用艺术技巧并不多，内容也非常浅薄，希望读者读后，从反面想一想，有些事情既然不应该做或不应该这么做，那么，应该做的事情和应该采取的方式究竟是什么？

　　《水声》表达的想法更加直白一些，文字也十分粗浅，有抛砖引玉的性质。如果有读者认为抛得不是砖而是土或沙，当空一撒便随风消失殆尽，我也无可奈何。

　　《附录》收入了我所编写过的几本书的序言和后记，以及对书的一些个人看法，均属于资料性质，本没有什么可说的，之所以留在那儿，不过希望对关心我的读者有所交代，避免产生不必要的臆想，同时也省去了一些搜罗资料的时间。

　　开头说过，这本书是写给自己的。假如里面有一点儿值得骄傲、值得肯定的地方，就是总的说来，它是寻找美的，不仅改善精神，也有润泽心灵的成分。为此，我杜撰了一首歌词，美其名曰《寻找美》，抄录如下，权作结尾：

　　美像阳光，在云层之上，普照大地，明亮辉煌。

　　世间万物，把美珍藏，和着雨露，苗壮生长。

　　美的质素，溢出芬芳，引来蝴蝶，翩翩飞翔。

黑眼睛蓝眼睛一起来，寻找美的模样，沐浴那份阳光，赶走黑暗，照耀四方。

黑眼睛蓝眼睛一起来，挖掘美的宝藏，还原那份阳光，带走迷惘，点燃希望。

黑眼睛蓝眼睛一起来，畅饮美的琼浆，依靠那份阳光，驱走寒冷，温暖心房。

2022 年 7 月 30 日